한 여성 과학자의 위대한 도전

투유유, 인류에게 길을 열다

투 유유, 인류에게 길을 열다

초판 1쇄 인쇄 2018년 10월 1일
초판 1쇄 발행 2018년 10월 5일

지 은 이   중국중의과학원중약연구소(中国中医科学院中药研究所)
           중국부녀신문사(中国妇女报社)
옮 긴 이   김승일(金勝一)
발 행 인   김승일(金勝一)
디 자 인   조경미
펴 낸 곳   경지출판사

출판등록 제2015-000026호
주소 경기도 파주시 산남로 85-8
Tel : 031-957-3890~1 Fax : 031-957-3889
e-mail : zinggumdari@hanmail.net

ISBN 979-11-88783-64-9 03820

투 유유, 인류에게 길을 열다

중국중의과학원중약연구소(中国中医科学院中药研究所)
중국부녀신문사(中国妇女报社) 지음 | 김승일(金勝一) 옮김

Korea Wisdom China
경지출판사

经典中国国际出版 工程
China Classics International

2011년 9월 24일, 투유유가 미국 뉴욕에서 래스커상을 수상하고 있다.

한창 연구에 몰두하고 있는 투유유.

투유유가 중국중의연구원 2005년 대학원생 졸업식에서 제자 왕만위안과 기념사진을 찍고 있다.

1985년 2월 투유유가 실험에 열중하고 있다.

1996년에 찍은 투유유네 가족사진 왼쪽부터 큰딸 리민, 투유유, 리팅자오, 작은딸 리쥔.

뤄쩌위안(罗泽渊)은 전 윈난(雲南)약물연구소 연구원인데, 아르테미시닌을 연구하는데 큰 기여를 했다.

2015년 10월 10일 오후, 전국인민대표대회 상무위원회(全国人大常委会) 부위원장이며 전국부녀연합회 주석인 선웨웨(沈跃跃, 왼쪽 세 번째), 전국 부녀연합회당 서기이며 부 주석인 송슈옌(宋秀岩, 오른쪽 세 번째), 국가위생과 계획생육위원회 부위원장이며 국가 중의약 관리국 국장인 왕궈창(王国强, 왼쪽 두 번째) 등 일행이 투유유를 방문했다.

아프리카의 모리셔스 대통령 아미나 구립 파킴(Ameenah Gurib Fakim)이 중국 중의과학원 중약연구소를 방문했을 때, 연구소 소장 천스린(陈士林)이 아르테미시닌과 관련 연구 성과를 소개하고 있다.

1985년 중의연구원 중약연구소 동료들과 남긴 기념사진. 앞줄 왼쪽 세 번째가 투유유이고 네 번째가 현임 소장 장팅량(姜廷良)이다.

투유유가 연구과제에 대해 보고하고 있다.

중국 중의과학원 원장이며, 중국 공정원(工程院) 회원인 장보리(张伯礼)가 투유유와 함께 아르테미시닌을 한 걸음 더 나아가 연구하기 위해 토론 하고 있다.

천주(陈竺)가 투유유를 방문하고 있다.

오른쪽으로부터 차례로 개똥쑥 표본, 아르테미시닌, 아르테미시닌 관련 제품 샘플.

2002년 10월, 투유유는 중국과 세계보건기구가연합으로 개최한 "중국–아프리카전통의학 발전과 합작포럼"에 초청되어 "아르테미시닌–토종 항말라리아의 중요한 성과(青蒿 素一 传统抗疟重要的结晶)"라는 논문을 발표했다.

黄花蒿

编　　号：HC-5
采集地点：怀化市鹤城区坨院办事
　　　　　处犀牛村
采集时间：2011 年 7 月 29 日

중약재 개똥쑥은 국화과 식물인 개똥쑥(Artemisia annua L)에서 왔다. 위의 사진이 개똥쑥이다.

2009년, 투유유는 "중국중의과학원당씨중약발전상(中国中医科学院唐氏中药发展奖)"을 획득했다.

2012년 2월, 투유유는 전국부녀연합회에서 발급한 "전국3.8 붉은기수(全国三八红旗手)"상을 받았다.

2015년 11월 19일, 투유유와 남편 리팅자오, 중국중의과학원 원장이며 중국 공정원회원인 장보리(张伯礼)가 주중 스웨덴 대사 루오루이드와 기념사진을 촬영했다.

2013년 6월 19일, 루이스 밀러(왼쪽 두 번째)가 중국 중의연구원 중약연구소를 방문하였다. 오른쪽 두 번째가 투유유이고 왼쪽 첫 번째가 천스린(陈士林) 소장이다.

1995년, 투유유가 5.1 국제노동절을 맞아 전국 노동모범과 모범근로자(先进工作者) 표창 대회에 참여했다.

투유유의 큰딸 리민과 사위 마오레이(毛磊)와 외손녀가 투유유를 대신하여 워렌 알퍼트 재단상(Warren Alpert Foundation Prize)을 받았다.

투유유(앞줄 왼쪽 두 번째)가 2011년 래스커상 평심위원들과 기타 수상자들과 기념사진을 찍었다. 다른 두 명의 수상자는 아서 홀위치(Arthur Horwich, 뒷줄 왼쪽 두 번째)와 프란츠 울리히 하틀(Franz-Ulrich Hartl, 뒷줄 왼쪽 세 번째)이다. 미국국립보건연구원(NIH)이 공공서비스 부문 수상 기구로 선정 되었는데, 뒷줄 왼쪽 첫 번째가 이 기구를 대표해서 수상한 사람이다.

2002년 4월, 투유유는 전국 부녀연합회(中华全国妇女联合会)와 국가지적재산관리국(国家知识产权局), 중국 발명자협회(中国发明协会联)등이 연합으로 수여한 "신세기여성발명가(新世纪巾帼发明家)"상을 받았다.

중국 최초의 여성 노벨상 수상자 투유유.

1954년에 대학생이었던 투유유가 천안문 앞에서 찍은 사진이다.

CONTENTS

머리말

현지 시각으로 2015년 10월 5일 오전 11시 30분, 스웨덴의 수도 스톡홀름 카롤린스카 연구소(Karolinska Institute)의 노벨홀(诺贝尔大厅)은 세계 각국에서 온 기자들로 붐볐다. 노벨생리의학상 심사위원회 사무총장 우르반 린달(Urban Lindahl)과 세 명의 심사위원들이 사람들의 시선을 한 몸에 받으며 한 걸음 한 걸음 발표대로 다가섰다. 얼굴에 환한 미소를 지은 린달은 스웨덴어와 영어로 2015년 노벨생리의학상 수상자로 중국의 약학자 투유유와 아일랜드 과학자 윌리엄 C. 캠벨, 일본 과학자 오무라 사토시가 선정되었음을 발표했다. 그는 "말라리아와 기생충 감염의 치료법을 획기적으로 발전시켜 수많은 환자들의 목숨을 구하고 감염 후유증을 최소화했다"며 선정 이유를 밝혔다. 2015년 노벨생리의학상 상금은 총 800만 크로나(약 92만 불)였는데, 투유유가 그 중 절반을 받고 나머지 절반은 남은 두 과학자가 나눠받았다.

린달이 이 소식을 발표함과 동시에 그의 뒤에 있는 대형스크린에는 수상자 세 명의 사진과 프로필이 나타났다. 사진속의 투유유는 안경을 쓰고 있었는데 입가에 미소를 띠고 앞을 주시하고 있었다. 프로필에는 "1930년 생, 중국중의과학원(中国中医科学院), 베이징, 중국"이라고 쓰여 있었다.

그 시각의 베이징은 2015년 10월 5일 오후 5시 30분을 가리키고 있었다. 이미 전 세계 언론들이 앞 다투어 찾는 취재대상이 된 투유유 본인은 정작 아무 것도 모르고 있었다. 그녀는 한창 샤워 중이었다. 갑자기 거실에서 텔레비전을 시청하고 있던 남편의 흥분된 목소리가 들려왔다.

"여보! 당신이 노벨상을 수상했대!"

처음에 투유유는 별로 개의치 않는다는 듯한 반응을 보였다. 그녀는 워렌 알퍼트 재단상(Warren Alpert Foundation Prize)에 대한 소식인줄로만 알았다. 뒤이어 축하 메시지와 생화가 끊임없이 쏟아져 들어왔고, 기자들이 떼를 지어 집으로 몰려왔다. 노벨상 수상자라는 신분은 투유유에게 종래 겪어보지 못한 인기를 한 번에 가져다주었다. 모든 사람들이 투유유의 수상으로 흥분해 있었다. 그녀의 수상은 새로운 역사를 만들었기 때문이었다. 중국에서 노벨상을 수상한 첫 여성 과학자이고, 중국 의학계에서 지금까지 받은 전 세계의 상 가운데 최고의 국제상이며, 중의약 성과로 얻은 최고의 상이라는 타이틀 등이 뒤를 이었다.

베이징 시각으로 2015년 10월 6일 오후 1시에 투유유는 린달의 정식 연락을 받았다. 그는 열렬한 축하와 함께 그녀의 수상 소식을 전하면서 2015년 12월 스웨덴으로 와서 노벨상 시상식에 참여할 것을 정중하게 요청하는 내용이었다.

인생의 황혼기에 접어든 그녀는 답신에, "이는 나 개인의 영예가 아니라, 중국의 과학기술 종사자들에 대해 국제사회가 인정한 증거이다"라고 강조하며 차분함을 잃지 않았다.

노벨상은 수상자 개인에 대한 큰 영예이기도 하지만, 수십 년 동안 묵묵히 연구해온 투유유에게는 귀중한 인정서이기도 했던 것이다.

투유유의 이러한 영광은 평온한 마음의 힘과 명예와 이익을 따지지 않는 경지(境地), 진리를 추구하는 용기가 합쳐져서 만들어진 과학 대가로서의 품격과 수백 수천 번의 반복적인 시도에서 느껴지는 따분함과 외로움을 극복해낸 비범한 의지와 숭고한 이상에 의해 결국 중국 최초의 여성 노벨상 수상자라는 영광을 가져다 주었다고 할 수 있다.

어떠한 과학 혁신이든 겉보기에는 기회를 잘 잡은 것처럼 보이지만, 실상은 비범한 통찰력과 넓은 시야와 완강한 신념이 없이는 얻어질 수 없는 것이다. 환자의 안전을 보장하기 위하여 투유유는 자진하여 자기 몸에 약물을 주입해 시험을 했다. 직접적인 임상자료를 확보하기 위해 그녀는 하이난(海南)의 말라리아 발생구역을 헤집고 다녔으며, 찌는 듯한 무더위에 직접 환자의 입에 약을 떠 넣어 주었다…… 투유유에게 있어서 이러한 것들은 의자(醫者)의 사랑과 어진 마음이었고, "애타게 개똥쑥을 찾게 한(久久寻蒿)" 힘의 원천이었다.

85년 전 투유유의 아버지가 『시경·소아(诗经·小雅)』에서 '유유'라는 두 글자를 따서 딸의 이름을 지었을 때, 딸의 직업인생 전체를 개똥쑥(青蒿, 이하 '개똥쑥'이라 명명함)라는 신비로운 약초와 함께 할 줄은 생각지도 못했을 것이며, 그녀가 이 약초를 가지고 수많은 사람들을 구할 줄은 더욱 생각지 못했을 것이다.

최초의 중국인 여성 노벨상 수상자인 그녀에게는 어떠한 이야기가 있을까? 그녀는 어떠한 일들을 겪어왔을까? 이 책에서 우리는 이 위대한 과학자의 남다른 인생 여정을 만나게 될 것이고, 그녀가 우리에게 주는 수많은 계시들을 마주하게 될 것이다.

"For the greatest benefit to mankind"
alfred Nobel

2015 NOBEL PRIZE IN PHYSIOLOGY OR MEDICINE

William C. Campbell
Satoshi Ōmura
Youyou Tu

The 2015 Nobel Prize in Physiology or Medicine

William C. Campbell

Born 1930, Ireland
Drew University,
Madison, New Jersey,
USA

Satoshi Ōmura

Born 1935, Japan
Kitasato University,
Tokyo, Japan

Youyou Tu

Born 1930, China
China Academy of
Traditional Chinese
Medicine, Beijing, China

2005년 10월 5일 노벨상 위원회가 인터넷에 발표한 시진이다. 좌측에서 우측으로 아일랜드 과학자 윌리엄 C. 캠벨, 일본 과학자 오무라 사토시, 중국 약학자 투유유

노벨생리의학상을 수상한 12명의 여성들

제❶장
투유유가 첫 울음을 터뜨리다

제1장
투유유가 첫 울음을 터뜨리다

1930년대의 닝보성(寧波城)과 야오(姚)씨의 저택

중국 지도를 펼쳐보면 닝보는 항구도시 임을 알 수 있다.

닝보의 역사는 7천 년 전의 하모도문화(河姆渡文化)로 거슬러 올라간다. 하나라 때 닝보의 소재지는 인(鄞)으로 불렸다. 당나라 때에는 밍저우(明州)로 불렸는데, 닝보는 그 지리적 장점으로 인하여 전국에서 제일 큰 통상항구가 되었으며, 고려·일본 등과 활발한 무역왕래를 행했던 곳이다. 대외무역의 발전으로 인해 닝보는 해상 실크로드의 출발지로써 자리매김하게 되었다.

원나라 때에 닝보는 이미 남북 화물의 집산지가 되었으며, 전국에서 가장 중요한 항구 중 하나가 되었다. 청나라 때에 닝보에는 유명한 역사학파인 "절동사학(浙东史学)"이 나타났으며, 서방과의 교류도 날로 빈번해져 갔다. 아편전쟁 후인 1844년에 닝보는 무역항을 열었다. 외국자본의 유입으로 인해 닝보 본토의 경제는 심한 타격을 입게 되었다.

이때 닝보의 상방[01]들은 점차 근대의 상인으로 바뀌기 시작했는데, 당시 한창 새로 흥기하고 있던 상하이(上海)를 주요 활동지로 정했다. 이들의 활약은 상하이의 도시 건설과 문화 발전에 중요한 영향을 미쳤다. 중화민국시기에 닝보는 전란을 겪게 되면서 경제발전은 기복이 심해졌다. 1927년 1월 2일 국민혁명군이 손촨팡(孙传芳) 군벌을 격파하고 닝보로 진입했는데, 충돌과 동란은 1930년대에 이르러서야 완화되기 시작했다.

투유유는 이와 같은 동란의 시대에 닝보에서 태어났다.

1930년 12월 30일 해가 뜨기 전인 이른 새벽에 닝보시 카이밍(开明)가 508호에 있는 투 씨 네 집에서 갓난아기의 울음소리가 들려왔다. 투 씨 네는 이미 세 명의 아들을 두고 있었기에 딸을 학수고대하고 있었는데, 그야말로 '천금' 같은 딸을 얻게 되었던 것이다.

아기의 울음소리는 마치 사슴의 울음소리처럼 작았다. 그런 아기의 울음소리에 흐뭇해진 아버지 투렌궤이(屠濂规)는 『시경(诗经)』 중의 유명한 시구 하나를 흥얼거리기 시작했다.

"'유유' 하고 울어대는 사슴이 들판의 개똥쑥을 먹네(呦呦鹿鸣, 食野之蒿)……"

"여자는 시경에서 이름을 따고, 남자는 초사에서 이름을 딴다(女诗经, 男楚辞)"는 말은 중국인들 사이에 옛날부터 전해오던 이름을 짓는 습관이었다. 따라서 아버지는 딸에게 유유라는 이름을 지어주었던 것이다.

---

01) 상방(商帮) : 지연과 혈연으로 연계된 중국 고대의 전통 상업 집단으로, 회관(会馆)과 판사처, 대표성적인 건물 등을 갖고 있었다. -역자 주.

유유하는 소리는 영원토록 아버지의 귓전에서 맴돌았는데, 딸에 대한 사랑과 기대와 축하의 의미가 그 안에 가득 담겨 있었던 것이다.

유년의 투유유가 엄마 야오쭝첸(姚仲千)과 함께 찍은 사진. 이는 현존하는 투유유의 가장 어릴 때 사진이다.

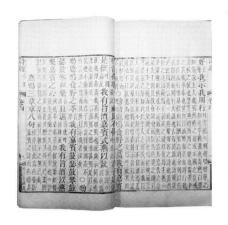

『시경·소아(诗经·小雅)』에 "'유유'하고 사슴이 울어대며 들판의 '해방일보사' 를 먹네(呦呦鹿鸣, 食野之蒿)"라는 구절이 있다.

중국화 『'유유'하고 사슴이 울어대네(呦呦鹿鸣)』(맹청[孟晴])

아버지는 "'유유' 하고 사슴이 울어대며 들판의 개똥쑥을 먹네"라고 읊고 나서 또 "푸르싱싱한 개똥쑥이 봄 햇살에 반짝이네(萋草青幼, 报之春晖)"라고 한 구절을 더 보탰다. 마치 이래야만 이치에 맞고 완미해질 것 같았다. 동화적 색채를 띤 이 두 구절의 시는 투유유로 하여금 시적인 어린 시절을 보내게 했다.

특히 "푸르싱싱한 개똥쑥이 봄 햇살에 반짝이네"라는 구절은 유유로 하여금 평생 동안 개똥쑥과 떼어놓을 수 없는 인연을 맺게 했다.

소녀기에 투유유는 줄곧 카이밍 거리 즉, 닝보의 중심구역에 속하는 '롄챠오띠(蓮桥第)'에서 생활했다. 옛 닝보에서도 가장 아름답고 강남적인 운치가 농후한 이곳에서 투유유는 이곳 특유의 문화적 분위기에 빠져들 수 있었다.

사방팔방에서 모여드는 쫑판(中幡, 깃발이 달린 깃대를 자유자재로 놀리는 곡예의 일종)이나 배꼽으로 수레를 끄는 등의 민간 곡예, 박수갈채를 자아내게 하는 피잉시(皮影戏, 중국의 그림자극으로 가죽으로 만든 인형에 빛을 비추어 생긴 그림자로써 진행되는 중국의 전통 연극으로 연주와 노래가 어우러진다)와 인형극 따위들은 미처 다 보기가 어려울 정도로 많았지만, 이들은 하나같이 감탄을 연발하게 하는 것들이었다.

당시 이곳의 상업거리를 거니노라면 제지공장, 양주공장, 기름공장, 철공소 등 바야흐로 사라져가는 전통 수공업 작업장들을 모두 볼 수 있었으며, 빼곡히 들어선 전통음식 가게들에서는 강남의 먹거리인 생강사탕, 찰떡, 순두부 등 없는 것이 없었다.

특히 이른 아침마다 울려 퍼지는 '싸구려~' 하는 소리는 사람들의 흥을 한껏 자아내면서, 오락 속에서 민국(民国)의 풍파를 경험하게 했으며, 한가함 속에서 온갖 다양한 업종들을 경험하게 했다. 이 모든 것들은 어린 투유유의 머릿속에 깊이 각인되어 영원한 기억으로 남게 되었다.

이곳에서 동쪽으로 20분 쯤 걸어가면 1930년대 닝보성의 또 다른 유명한 곳인 산장커우(三江口)에 도달하게 된다. 북쪽에서 남하하는 야오강(姚江)과 남쪽에서 북상하는 펑화강(奉化江)이 이곳에서 한데 어우러져 용강(甬江)과 합류하고, 또다시 전하이(镇海)의 자오바오산(招宝山) 강 어귀를 지나 동해로 흘러갔다. 한동안 닝보 사람들은 중국 땅의 곳곳으로 무역을 위해 뻗어나갔다. 이에 맞추어 산장커우의 장쌰(江厦)부두도 제법 흥성거렸는데, "천 폭의 돛이 경쟁하듯 달리고, 온갖 물건들이 넘쳐났다……" "천하를 다 돌아다녀도 닝보의 장쌰(江厦)에 미치지 못한다"는 말도 이때 생겨난 것이다.

하지만 어린 시절의 투유유에게 있어서는 부두에 들락거리는 상인들의 배보다는 집에서 2Km가 채 안 되는 곳에 자리한 '톈이꺼(天一阁)'가 훨씬 더 매력적이었다.

닝보 사람들의 남다른 자부심은 "장서는 고금에 이어지고, 항구는 온 천하와 통한다(书藏古今, 港通天下)"에 그 근거를 두고 있다. 톈이꺼에 소장되어 있는 도시의 문화적 명맥은 닝보 사람들에게 있어서 항구가 가져다주는 물질적인 풍요보다도 더 소중한 것이었다.

톈이꺼는 닝보의 위예후(月湖) 서쪽에 위치한 장서루(藏书楼)였다. 톈이꺼가 닝 보의 독특한 문화를 대표하는 표식이 된 것은, 중국에서 현존하는 가장 오래된 장 서루 시설일 뿐만 아니라, 아시아에서 현존하는 가장 오래된 도서관이며, 세계에서 도 가장 오래된 삼대 사설도서관의 하나이기 때문이었다.

톈이꺼에 들어서서 세월의 흔적이 고스란히 남아 있는 난간을 만져

보거나 녹음이 우거진 정원을 거닐면서 짙은 책 향기를 맡는 것은, 어찌 보면 오랜 세월 유전(流傳)되고 보존되어온 중화 문화의 기나긴 고난의 여정을 되돌아보는 시간일지도 모른다. 유교, 불교, 도교문화의 심오함을 내포하고 있는 이 장서루는 중화문화의 학술과 예술(學藝)을 계승하고 있는 역사 행정의 기록일 뿐만 아니라, 또한 향후에도 지속적으로 문화적인 자양분을 뿌려줄 수 있는 곳인 것이다.

톈이꺼(天一阁). 명나라 중기에 만들어진 중국에서 현존하는 가장 오래된 사설 장서루일 뿐만 아니라, 아시아에서 현존하는 가장 오래된 도서관이며, 세계에서 가장 오래된 삼대 사설도서관의 하나이다.

닝보의 가장 중요한 두 개의 랜드마크와 이웃하고 있었던 투유유에게 있어서 카이밍 거리의 기억은 닝보 특유의 색채를 띠는 곳으로 남아 있을 수밖에 없었다.

카이밍 거리 26호의 야오 씨 네 저택(姚宅)은 투유유의 외갓집이다. 이곳은 투유유의 또 다른 소녀시절의 기억을 간직하고 있다.

투유유의 외할아버지 야오용바이(姚咏白)가 지은 이 저택은 카이밍 거리에서 현존하는 유일한 민국시기의 건물이다. 스승을 존중하고 도리를 중히 여기는 기풍을 갖고 있었던 닝보에서 야오용바이는 상하이법학원(上海法学院), 푸단대학(复旦大学), 따쌰대학(大厦大学) 등에서 교수로 재직했던 뛰어난 인물이었다.

남북으로 지어진 이 건물은 바깥채, 대청, 본채, 뒤채 등으로 이루어졌다. 바깥채와 대청은 각각 방 3개에 2개의 복도가 딸린 2층짜리 건물인데, 복도의 중국식 나무난간에는 넝쿨무늬 전통도안이 새겨져 있었다. 본채는 정면으로 트인 방 3개와 복도 하나로 이루어진 단층 건물이고, 뒤채는 방 3개와 복도 하나로 이루어진 경산식(硬山式) 단층 건물이다. 텅 빈 대청을 지나면 넓지는 않으나 아늑한 정원이 나오는데, 크고 높이 자란 교목 하나가 무성한 나뭇가지로 본채를 가리고 있다. 이제 막 초가을에 접어든 정원은 낙엽들로 덮여 있었다.

1937년에 일본은 전면적으로 중국 침략을 감행했고, 1941년에는 결국 닝보도 그들에게 점령되고 말았다.

닝보시 카이밍 거리 26호에 위치한 야오 씨 네 저택은 투유유의 외할아버지 야오용바이(姚
咏白)가 지은 건물이다. 투유유는 11세부터 대학교에 입학할 때까지 줄곧 이곳에서 생활했다.
위 사진은 야오 씨 네 저택의 정원 전경이고, 아래 사진은 야오 씨 네 저택의 조감도이다.

투 씨 네는 집이 전쟁으로 파괴되어 거주가 불가능하게 되는 바람에 투유유는 부모님을 따라 외할아버지네 집으로 옮겨가게 되었는데, 그녀는 이곳에서 1951년 대학교에 입학할 때까지 살았다.

야오 씨 네 이웃의 저택들에는 많은 유명인들이 거쳐 간 집들이 많았다. 원나라 때 "용상(甬上)[02]의 으뜸가는 학자" 원각(袁桷), 닝보방(宁波帮)[03]의 거두 이경제(李鏡第), 유명한 우표 설계의 대가 손찬저(孫傳哲)⋯⋯ 등 수많은 문인들과 명문들이 이곳에 운집해 살았던 것이다.

투유유 이전에 야오 씨 네 가문에서 가장 유명한 인물은 그의 외삼촌으로, 저명한 경제학자 야오칭싼(姚慶三)이 바로 그였다.

위 사진은 원각(袁桷)의 친필 서한으로, 원각은 원나라 때의 유명한 교관(教官)으로 원나라 초기 문단의 지도자였다.

---

02) 용상: 닝보의 별칭(別稱)임. - 역자 주.
03) 닝보방: 명나라 말기와 청나라 초기에 닝보를 중심으로 형성되었던 상인 그룹으로, 중국 근대에 가장 크고 영향력 있던 상업 그룹이었음. - 역자 주.

유명한 우표 설계의 대가 손촨저.

1911년에 태어난 야오칭싼은 1929년에 푸단대학을 졸업하고 프랑스로 유학을 떠나 파리대학의 최고정치경제학과를 졸업했다. 귀국하고 나서 1931년부터 그는 상하이교통은행 총관리처(悤管理处)에서 일하면서 중국화폐 연구에 뛰어들었다. 1934년에 야오칭싼의 저서 『재정학원론(财政学原论)』이 출간되었는데 이는 중국에 서 가장 일찍 나온 재정학 교과서 가운데 하나였다.

야오칭싼이 지은 『재정학원론(财政学原论)』과 지인에게 선물하면서 써준 친필 서명.

1934년 6월 미국에서 은(銀) 구매법안을 통과시킴으로 말미암아 국제적으로 은 가격이 상승하면서 중국의 백은이 대량으로 유실되게 되었다. 이에 대응하기 위해 난징국민정부에서는 백은에 대한 수출세를 징수했지만 문제를 해결하지 못했다. 이로 인해 당시의 경제계와 금융계에서는 백은 문제와 화폐개혁에 대한 격론이 벌어졌다. 서로 다른 관점을 가진 경제학자 마인추(马寅初)와 화폐개혁을 주장하는 야오칭싼 등 학자들은 격렬한 논쟁을 벌였다.

1935년 11월 야오칭싼 등 학자들의 관점이 받아들여져 화폐개혁이 시작되었는데, 이는 중국 화폐체계의 현대화 과정에서 내디딘 중요한 전환점이었다.

야오칭싼은 경제학 대가 존 메이너드 케인즈(John Maynard Keynes)와도 인연을 갖고 있었는데, 케인즈의 학술사상을 들여와 중국에서 처음으로 케인즈 이론에 관한 문헌집을 내놓기도 했다.

1953년부터 야오칭싼은 신화은행(新华银行) 홍콩지행에서 근무하다가 1979년에 다시 홍콩의 중국건설재무유한회사(中国建设财务有限公司)로 전근하여 1985년까지 근무하게 되었다. 이 두 회사는 모두 홍콩의 종인그룹(中银集团)의 전신들이었다. 42세부터 75세에 이르기까지 야오칭싼은 조국의 해외금융사업의 번영을 위해 수많은 기여를 했다. 또한 야오칭싼은 투유유의 아버지를 은행계로 진입하도록 이끌어준 사람이기도 하다.

이 뛰어난 외삼촌은 투유유가 흠모하고 우러르는 일생의 본보기가 되었다.

가학(家學)의 뿌리

교육을 중시하던 당시 닝보의 민풍과 부모님들의 배려에 어린 투유유는 구학의 길로 접어들게 되었다. 여자아이도 글을 읽게 한 것은 자녀교육에 각별한 신경을 썼던 당시 투씨 네 가문의 가풍과도 무관하지 않은 일이었다.

1935년 다섯 살이 된 투유유는 부모님들에 의해 유치원에 보내졌는데, 1년 후에는 닝보의 사립학교 총더(崇德)초등학교 초급반에 입학하여 초등학생이 되었다. 열한 살이 되던 해에는 또 다른 사립학교 마오시(鄮西)초등학교의 고급반에 입학하였다. 열세 살이 되던 해에는 닝보의 사립중학교 치전중학교(器貞初中)에, 열다섯 살이 되던 해에는 또 다른 사립중학교 용장여중(甬江女中)을 다녔다.

생김이 수려했던 투유유는 안경을 끼고 양 갈래 머리를 하고 있었다. 이런 모습의 투유유는 닝보 사람 티가 다분한 여자아이였다. 이는 고향 어르신들이 기억하는 투유유의 어린 시절의 인상이었다.

투유유의 아버지 투롄궤이와 어머니 야오종쳰(姚仲千).

투유유의 아버지 투렌궤이(屠濂规)는 1903년, 즉 청나라 광서 29년에 태어났는 데 9년 뒤에 청나라 왕조는 멸망하게 되었다. 따라서 새로운 유행의 선두에 서 있 던 당지에서 투 씨 네 20대 후손이었던 투렌궤이는 줄곧 서구화된 교육을 받았다. 당시 인현제일고등소학교(鄞县第一高等小学)를 졸업한 투렌궤이는 또 샤오스(效实) 중학교에 입학하여 공부했다. 자녀들에 대해서도 그는 자신이 받은 교육과 유사한 교육을 받게 했다. 그 덕분에 투유유의 세 오빠도 모두 양호한 교육을 받았을 뿐만 아니라, 유일한 딸이었던 투유유 역시 어릴 때부터 제대로 된 교육을 받을 수 있었 다.

투유유의 오빠 투헝쉐(屠恒学)가 여동생에게 준 사진이다. 오른쪽 글은 투헝쉐가 사진 뒷면에 남겼던 격려의 말이다. "유유에게. 학문에는 끝이 없단다. 따라서 너는 어느 정도 성과를 거두었다고 해서 절대로 만족해서는 안 된다. 혹여 네가 불행하게도 실패했다고 해도 절대로 이로 인해 의기소침해지는 말아라. 유유야! 학문은 최선을 다하는 사람을 절대로 실망시키지 않는단다." 이때 투유유는 열네 살이었다.

소녀시절의 투유유.

투유유의 학생시절은 1946년부터 2년 동안 중단하게 되었다. 열여섯 살이 되던 해에 투유유에게 한 차례의 큰 시련이 찾아왔던 것이다.

그때 그녀는 불행하게도 폐결핵에 걸리게 되어 부득이 학업을 중단할 수밖에 없었다. 당시 한창 전란의 세례를 받고 있던 투 씨 네의 생활은 이미 말할 수 없을 정도로 궁핍해져 있었다. 이런 상황에서 폐결핵에 걸렸으니 이 어린 소녀에게는 그야말로 엄청난 시련이 닥쳤던 것이다.

다행히도 2년 동안의 치료를 받으면서 병이 호전되었고, 투유유는 학업을 계속할 수 있게 되었다. 폐결핵을 앓았던 이 기간은 투유유에게 있어서 의학과 약물에 관심을 가지는 계기가 되었다. "약물의 작용은 얼마나 신비로운 것인가! 나는 당시 이렇게 생각했다. 만약 내가 의학을 배우게 된다면 자신을 병마로부터 지켜줄 수 있을 뿐만 아니라, 더욱 많은 사람들을 구할 수 있을 것이니, 어찌 마다할 수 있겠는가?"

일대의 약학가(藥學家)가 탄생하게 된 것은 이처럼 "스스로를 치료하고 남을 구하려는 소박한 염원"으로부터 시작되었던 것이다.

가정의 영향 역시 투유유가 점차 의약에 흥미를 가지게 된 계기가 되었다. 아버지 투렌궤이는 은행 직원이었는데 평소에 책 읽기를 즐겨했다. 집 위층의 고서(古書)들이 쌓여있는 작은 다락방은 아버지의 서재였는데, 투유유가 가장 좋아하는 곳이기도 했다.

아버지가 서재에서 책을 볼 때마다 어린 투유유는 쫄래쫄래 뒤따라가서 짐짓 책을 펼쳐들고 읽는 시늉을 하곤 했다. 아직 글자를 깨우칠 때가 아니었지만, 중의약 방면의 도서들은 거의가 삽화가 있었기에, 투유유에게 있어서 단순하기만 했던 그 시절의 독서 체험이 여간 즐거운 일이 아니었던 것이다.

투유유의 어머니 야오종첸. 1929년 5월 촬영.

소녀시절의 투유유.

가정에서 유일한 딸이었던 투유유는 부모님들의 사랑을 독차지했다. 투유유는 골뱅이(香螺)를 유난히 좋아했는데, 학창시절에 어머니는 늘 몸소 만든 골뱅이절임을 사랑하는 딸한테 보내주곤 했는데, 이는 언제나 친구들의 부러움을 사는 원동력이었다.

생물학에 소질이 있었던 고등학생

1984년 2년 동안 휴학하면서 어느 정도 건강을 되찾은 투유유의 나이는 벌써 18세나 되었다. 그녀는 당시 닝보의 사립학교 샤오스(效实)중학교의 고등학교에 입학하여 공부하게 되었다. 그래서 아버지와 동문이 되었던 것이다.

이 학교는 전기적인 색채를 띠고 있던 학교였다. 1912년 2월에 설립된 샤오스중 학교는 중국의 초기 물리학자들인 허위제(何育杰), 예빙량(叶秉良), 천순정(陈训正), 첸바오항(钱保杭) 등 당시 내로라하는 과학자들이 닝보의 유력 기업가 리징디(李鏡第)와 연합하여 설립한 학교였다.

학교는 "사립학교로써 경영하고, 실용적인 교육을 하며, 백성들을 인도한다(私力之经营, 施实用之教育, 为民治导先路)"는 설립 취지로, 설립초기에 이미 "교육이라 함은 그 성격이 맞아야 하는데, 사람과는 뜻이 맞아야 하고, 그 지역과는 풍조가 맞아야 하며, 그 시대와는 기회가 맞아야 한다 (教育之事, 贵有适性, 与人适意志, 与地适风尚, 与时适际遇)"라는 교육 이념을 제기했다.

샤오스중학교는 1917년에 이르러 이미 그 명성이 자자했다. 유명 대학들인 상하이 푸단대학과 세인트존스대학교에서 양해각서를 체결하고 샤오스중학교 졸업생들은 전부 시험 없이 추천제로 입학시켰다.

1948년 2월 투유유는 2년간의 공백 기간이 있었지만 그에 상응하는 학력(學力)을 인정받아 샤오스중학교의 고등학교 1학년에 입학했다. 이때 샤오스중학교는 항일전쟁의 전란에서 벗어난 지 아직 3년이 채 되지 않은 시기였다. 1941년 닝보가 일본에 점령당하면서 폐쇄되었던 샤오스중학교는 1945년 10월 25일에 다시 운영을 시작했는데, 훗날 이 날은 샤오스중학교의 개교기념일이 되었다.

"충신독경(忠信篤敬)"을 교훈으로 하고 있는 이 중학교는 사람들이 감탄해마지 않는 아카데미 회원(院士)들로 이루어진 교우(校友)그룹을 갖고 있다. 지금까지 이 곳에서는 이미 15명에 달하는 중국과학원(中国科学院), 중국공정원(中国工程院)의 회원들을 배출해냈는데, 톈진(天津)의 난카이중학교, 베이징의 제4중학교, 훼이원(汇文)중학교와 어깨를 나란히 하는 명문학교이다.

1955년 한 해에 샤오스중학교 졸업생 3명이 한꺼번에 중국과학원의 회원으로 선정되었다. 화학자 지위펑(纪育沣)은 1916년 닝보 샤오스중학교의 제3기 졸업생이고, 실험발생학자 통디저우(童第周)는 1922년 닝보 샤오스중학교의 제9기 졸업생이며, 토양농업화학가 리칭퀘이(李庆逵)는 1930년에 닝보 샤오스중학교와 고등학교를 졸업했다.

1980년에 또 5명의 샤오스 제자들이 한꺼번에 중국과학원 회원으로 선정되었는데, 지구물리학자 윙원보(翁文波), 토양화학자 주쭈샹(朱祖祥), 유전학자 바오원퀘이(鲍文奎), 핵물리학자 다이촨청(戴传曾), 의학자 천중웨이(陈中伟) 등이 그들이었다.

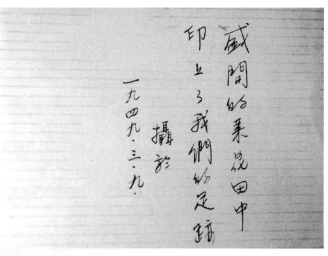

感聞的菜花田中
即上了我們的足跡
攝於
一九四九·三·九

1949년 3월 9일 투유유와 동급생들이 야외에서 기념으로 합동 촬영한 모습. 사진 뒤에는 "유채꽃이 만발한 밭 가운데에 우리들의 학창시절의 족적을 남겨놓다"고 기록되어 있다.

1995년에도 한꺼번에 5명의 샤오스 제자들이 중국과학원과 중국공정원 회원에 선정되었는데, 재료과학자 수쭈야오(徐祖耀), 전자기장과 마이크로파 전문가 천징슝(陈敬熊), 핵기술응용 전문가 마오용쩌(毛用泽), 무기화학공업 전문가 저우광 야오(周光耀), 핵무기공정전문가 후쓰더(胡思得) 등이 그들이었다. 1997년에는 또 2명의 샤오스 제자들이 중국공정원 회원에 선정되었는데, 전자정보시스템공정 전문 가 통즈펑(童志鹏)과 토목결구공정 전문가 자천자오(家陈肇) 등이 바로 그들이었다.

샤오스중학교의 중산청(中山厅) 전경.

샤오스중학교가 배출한 이들 15명의 아카데미회원들은 "아카데미회원들의 고향"이라는 닝보의 이미지를 설명할 수 있는 가장 좋은 예라고 할 수 있다.

명문중학교 출신이기는 하지만 고등학교 때 투유유의 성적은 그다지

빼어나지 못했다. 학번이 A342이었던 이 여학생의 고등학교 학적기록 부를 살펴보면 각각 어문 평균성적은 71.25점, 영어 평균성적은 71.5 점, 수학 평균성적은 70점, 생물학 평균성적은 80.5점, 화학 평균성적 은 67.5점이었다.

생물학 성적이 특별히 뛰어난 것은 생물학에 대한 투유유의 편애와 무관하지 않다. 매번 생물학 선생님이 교단에 올라 강의할 때면 투유 유는 늘 흥미진진하게 강의에 귀를 기울이고는 했다. 어느 한번은 선 생님이 우스갯소리로 이렇게 말하였다.

"만약 다른 친구들도 투유유처럼 강의를 열심히 듣고 질문하기를 좋 아한다면 선생님은 아무리 힘들어도 즐겁게 강의할 수 있을 거다!"

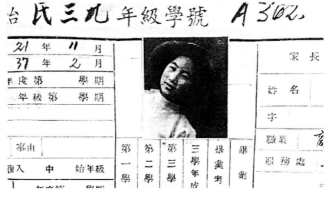

투유유의 고등학교 학적기록부.

투유유 스스로는 이렇게 말했다.

"그 시절에 나는 아주 얌전하고 조용했었지요."

동창생 천샤오중(陳效中)은 다음과 같이 기억하고 있다.

"그녀는 아주 수수했습니다. 옷차림 역시 아주 수수해서 특별히 눈에 띄거나 하지 않았지요. 말수도 적고 조용한 편이었어요."

샤오스중학교는 투유유에게 있어서 학업 이외에도 또 다른 특별한 인연을 만들어준 곳이기도 했다. 이곳에서 그녀는 자기보다 한 살 어린 리팅자오(李廷钊)와 한 학급에서 공부했는데, 당시 학급에서 거의 교류가 없었던 두 사람이 나중에 부부가 되리라고는 아무도 예상하지 못했었다.

1950년 3월 투유유는 닝보중학교로 전학하여 고등학교 3학년 과정을 이수하게 되었는데, 이는 그녀가 닝보에서 공부한 마지막 1년이었다.

투유유가 닝보중학교에 재학할 당시의 담임선생님이었던 수지쯔(徐季子)선생님은 별로 눈에 띄지도 않던 이 얌전한 여학생에게 아래와 같은 격려의 말을 써주었다.

"생활의 평온함만을 추구하지 말고, 마땅히 폭풍우를 맞이할 수 있는 용기를 연마해야 할 것이다."

특별히 주목할 것은, 닝보중학교에서도 투유유와 동기였던 1951년 고등학교 졸업생들 가운데는 적지 않은 인재들이 배출되었다는 점이다. 예를 들면 베이징대학교에서 상무 부총장을 역임했던 왕이추(王义遒), 중국과학원 회원 스종츠(石钟慈), 저명 학자이자 출판가인 푸쉬안총(傅璇琮) 등이 그들이었다.

1951년의 여름 이미 고등학교를 졸업한 투유유는 학업을 계속하기로 마음을 굳히자 자연히 대학에 입학하는 것이 그녀의 다음 목표가 되었다. 대학 응시에 앞서 입학지원서를 작성할 때, 늘 자기주장이 명확했던 투유유는 조금도 망설이지 않고 베이징대학 의대 약학과라고 적어 넣었다. 당시 국내에는 약학과를 개설한 대학교가 손꼽을 정도였는데,

베이징대학 의대 약학과는 그 중에서도 으뜸으로 꼽히고 있었다. 의학과는 거리가 멀었던 집안 내력으로 봤을 때 당시 투유유의 선택은 아주 파격적이었다고 할 수 있었다. 사실 고등학교 시절 폐결핵에 걸렸다가 치료를 받아 회복한 경력이 있던 투유유는 벌써 소녀시절부터 이미 의학을 공부하려는 의지가 확고했었던 것이다. 그렇다면 왜 약학을 택했을까? 그녀는 약을 쓰는 것이야말로 치료의 중요한 수단이라고 생각했기 때문이었다.

그 시절 신중국은 아직 통일된 명제(命題)와 통일적인 시험, 통일적인 선발 등이 마련된 대학입시제도가 시행되지 못하고 있었다. 전국은 동북(東北), 화북(华北), 서북(西北), 화동(华东), 중남(中南), 서남(西南) 등 여섯 개 구역으로 나뉘어, 같은 구역의 대학교들이 연합하여 입시생들을 선발했다. 베이징대학교, 칭화(清华)대학교 등 유명 대학들은 모두 화북 구역에 속해 있었다.

저장(浙江)성의 응시생이었던 투유유는 규정에 따라 20여 년 동안이나 생활해왔던 고향 닝보를 떠나서 성소재지인 항주에 가서 시험에 참여하게 되었다. 북상하여 배움을 계속하려는 꿈을 품고 있었던, 아직 21살이 채 되지 않은 투유유는 3일 동안이나 응시 장소인 저장(浙江)대학교 캠퍼스에서 대학입시 여정을 보내야 했다.

당시 화북구역의 대학교 합격자 명단은 『인민일보(人民日报)』나 『광명일보(光明日报)』와 같은 신문들에 게재됐었다. 따라서 합격소식을 기다리던 그녀는 매일같이 이들 신문을 뒤적이는 것이 하나의 습관처럼 되었다고 했다.

1951년의 여름이 막바지에 달했을 무렵, 투유유는 베이징대학에서 보내온 입학통지서를 받았다. 그녀는 곧바로 길을 떠나 북상하여 수도에 진입했다. 그리고 대학교에서 배움을 계속하게 되었던 것이다.

　그 시절에 여자의 몸으로 고등학교 교육을 정상적으로 이수하고 다시 대학교에 들어가 계속 공부할 수 있게 된 것에 대해, 투유유 스스로도 아주 행운이라고 생각했다. 열기로 끓어 넘치는 사회주의 건설의 초창기였던 당시, 여자들에게도 "집 문밖에 나설 수 있는 기회"가 생기기 시작했고, 그녀들의 총명과 재능이 전대미문의 빛을 발할 수 있게 되었다. 투유유가 신중국의 첫 여자대학생 중의 일원이 될 수 있었던 것은, 여자들이 나라의 건설과 민족의 발전에 있어서 대체할 수 없는 능력을 발휘할 수 있었다는 사실을 증명해 주는 일이었다.

제❷장
의학을 향해 나아가다

제2장
의학을 향해 나아가다

북경대학에서 공부하다

1951년, 바로 신중국이 탄생한지 3년째 되던 해에 투유유는 북경대학교 약학과 에 입학하여 일대 총아(寵兒)로써 나아가는 첫발을 떼었다.

1950년대의 베이징대학 의대는 이 천년의 고도에서 특히 서구적인 멋을 풍기고 있었다. 베이징 시 시청(西城)구 시스쿠(西什庫) 거리의 천주교당 부근에 위치한 캠 퍼스는 황가건축물들에 둘러싸여 있었지만, 학생들은 고개를 쳐들기만 하면 대표적인 서양식 고딕 건축물을 볼 수 있었다. 지금 이곳은 베이징대학 구강병원 제1클리 닉의 소재지이다. 재학기간에 투유유와 학우들의 기숙사는 부근의 차이위안(菜園) 골목 13호에 자리했다.

베이징 보건아카데미(卫生职业学院)의 첫 주임약사였던 동창생 저우스쿤(周仕锟)에 따르면 입학 연도에 따라 학급 순서를 배정했는데, 투유유와 그가 소속된 학급은 약학 제8학급이었고, 학급의 학생 수는

70~80명에 달했다. 투유유와 동갑이었던 저우스쿤의 기억에 따르면 이들은 학급에서 나이가 상대적으로 많은 편에 속했는데, 가장 어린 급우들과는 3살 차이가 났다.

대학 4학년이 되자 각 학급은 전공별로 새롭게 나뉘었다. 서로 다른 연구방향에 따라 약물검사, 약물화학, 생약 등 세 전공으로 나뉘었는데, 이 학급의 학생들이 가장 많이 선택한 전공은 약물화학으로 40여 명에 달했고, 가장 적게 선택한 전공은 생약으로 12명밖에 안 되었다. 투유유는 바로 이 12명 가운데 한 명이었다.

1952년 베이징대학 마크를 단 투유유.

생약의 영어 명칭은 'crude drug'으로, 별도 가공을 하지 않았거나 혹은 기초적인 가공만 한 식물성이나 동물성 혹은 광물성의 천연물 약재를 의미한다.

그 해에 투유유와 같은 전공을 선택했던 왕무쩌우(王慕鄒)는 퇴직하기 전에 중국의학과학원 약물연구소 연구원으로 일했었는데, 그의 말에 따르면 당시 생약을 전공한 학생들은 졸업하면 거의 대부분이 연구 분야에서 일하게 되었고, 약물화학을 전공한 졸업생들은 전국 각지의 큰 제약회사에 취직하는 경우가 많았다고 했다.

전공별로 나뉘기는 했지만 전공이 달라도 듣는 수업은 거의 같았다. 다만 전공별로 치중하는 부문이 서로 달랐을 뿐이었다. 투유유가 선택한 생약학의 경우, 다른 전공보다 수업이 조금 더 많았는데, 중요한 내용은 각 종류의 로컬중약재의 분류와 식별, 현미경을 통해 내부 조직구조를 관찰하는 것 등이었다.

당시 생약학과를 개설한 이는 러우즈천(樓之岑) 교수였다. 영국에 유학하였다가 1951년에 갓 귀국한 러우즈천 박사는 당시 생약학과의 유일한 교수였다. 나중에 러우즈천 박사는 중국약학회 이사장을 역임하게 되는데, 중국 현대 생약학 개척자의 한 사람이 되었다.

당시 약학과의 다른 전공과목으로는 약물화학과 식물화학이 있었다. 식물화학은 미국에서 유학하고 돌아온 린치서우(林啓壽) 교수가 개설했는데, 주로 식물속의 유효성분을 추출·분리하고 그 화학적 특성을 연구하며, 그 화학적 구조의 감정 및 화학감정서의 작성방법과 그에 대한 연구 등이 포함되었고, 유효성분을 추출할 때의 용매 선택 등의 내용도 있었다.

1954년에 대학생이었던 투유유가 천안문 앞에서 찍은 사진이다.

　생약학과에서 습득한 기초지식과 식물화학학과에서 습득한 방법론적 지식은 나중에 투유유가 작업할 때 가장 많이 활용하는 부분이 되었다.

　신중국 설립 초기에는 온갖 문제들이 산재해 있었다. 의사와 약물이 턱없이 부족했고, 의학 방면의 인재 역시 너무나도 부족했었다. 나라에서는 의학 방면의 인재들을 대량으로 필요로 했기에 베이징대학 의대는 전국 각지의 응시생들이 구름처럼 몰려드는 곳이었다. 그중에서도 약학과의 약물화학전공이 가장 뜨거운 분야였다. 하지만 투유유는 당시 인기가 별로 없었던 생약전공에 흥미를 가졌었다. 그녀는 유행을 좇지 않고 생약 전공을 선택하고 일생동안 이를 실천했다.

1955년 9월, 베이징대학 의과대학 약학과 전체 학생들이 찍은 기념 사진으로, 마지막 줄 왼쪽으로 일곱 번째가 투유유다. 함께 기념사진을 찍은 교수들을 보면, 세 번 째줄 왼쪽으로부터 시작해서 아홉 번째가 린치서우(林启寿, 식물화학가이다. 가장 뛰어난 성과로는 1970년대에 지은 『중초약성분화학(中草药成分化学)』이라는 저서를 들 수 있는데, 이는 당시 중국에서 식물화학을 비교적 체계적이고 완전하게 다룬 유일한 저서였다)이고, 열 번째가 러우즈천(楼之岑, 생약학자이다. 베이징의과대학 약학과 부주임으로, 중국공정원 의약과 보건공정학부(医药与卫生工程学部)의 첫 아카데미 회원그룹의 일원이며, 생약학국가중점학과(生药学国家重点学科) 수석 학술리더(首席学术带头人) 이다)이다. 열한 번째는 장밍첸(蒋明谦, 유기화학가로, 중국과학원 학부위원(学 部委员)이고 회원이다)이고, 열두 번째는 쉐위(薛愚, 약물화학가이다. 국립베이징대학 의대 약학학과 주임이다)이며, 열세 번째는 왕수(王序, 유기화학가로, 중국과학원 회원이며 베이징의과대학 약학학과 주임이다)이다.

오랜 시간이 흐른 뒤, 사람들이 그녀에게 그 당시의 선택에 대해서 후회하지 않느냐고 물을 때마다, 투유유는 늘 이는 자신의 가장 현명한 선택이었고, 그때의 초심이 바뀐 적이 없다고 대답하곤 했다.

실습연구원의 사랑

1955년 4년 동안 열심히 공부해온 투유유는 대학교를 졸업하게 된다.

바로 이 해에 아직 처리해야 할 일들이 산더미 같았던 중국에서는 중의연구원(中医研究院) 설립을 서둘렀다. 보건부(卫生部)의 직속이었던 당시의 중의연구원이 바로 지금의 중국중의과학원(中国中医科学院)이다. 전국 각지에서 수많은 유명 노중의(老中医)들이 선발되어 베이징에 들어와 중의연구원의 전문가 그룹을 형성했다. 이제 막 대학을 졸업하여 한창 생기발랄했던 투유유는 중의연구원 중약연구소에 배치되어 근무하게 되었다.

근무 초기에 투유유는 주로 생약학에 대한 연구를 진행했다. 1956년에 전국적으로 주혈흡충병 예방과 치료를 위한 일대 붐이 일었다. 그녀는 대학교 스승 러우즈 천 교수와 함께 공동으로 주혈흡충병 예방에 유효한 약물이었던 수염가래 꽃에 관한 생약학(生药学) 연구를 진행했다. 1958년에 이 연구 성과는 인민보건출판사(人民卫生出版社)에서 출판한『중약감정참고자(中药鉴定参考资料)』에 수록되었다.

1955년, 투유유는 보건부 산하 중의연구원(지금의 중국중의과학원)에 배치되었다.

1950년대에 당시 부교수였던 러우즈천(楼之岑)이 보건부 산하 중의연구원 중약연구소 실습연구원이었던 투유유의 중약 연구를 지도하는 모습.

곧 바로 투유유는 품종이 비교적 복잡한 중약재 은시호(银柴胡)에 대한 생약학 연구를 진행했는데, 1959년에 이 연구 성과는 『중약지(中药志)』에 수록되었다. 이 두 가지 연구 성과는 모두 그녀가 대학시절에 선택했던 전공과 관련된 것이었다.

과학연구에 종사하는 다른 많은 학자들과 마찬가지로 투유유는 사업에만 몰두하여 생활은 대충하였고 자신을 돌볼 줄을 몰랐다. 한번은 신분증명을 찾지 못해서 동료가 대신 찾아주려고 그녀의 사물함을 열었는데 안에는 온갖 잡동사니로 뒤죽박죽이었다. 그래서 "이 정도로 정리정돈을 못하고서야 어떻게 여자라고 할 수 있냐!"고 여러 사람들에게 놀림을 받기도 했다.

투유유 스스로도 이렇게 말한다. "신변의 자질구레한 일들을 아직도 질서 있게 정돈할 줄을 모릅니다. 결혼하고 나서 장을 보는 따위의 일들은 거의 모두 이 선생(老李)이 했지요." 투유유가 말한 이 선생(老李)은 곧 그녀의 남편인 리팅자오(李廷钊)를 말한다.

1957년의 투유유.

1958년, 투유유는 보건부 산하기관 청년사회주의건설의 적극분자라는 칭호를 받았다.

　　1931년 9월에 닝보에서 태어난 리팅자오는 투유유와 한 고향 사람이었다. 뿐만 아니라 두 사람은 샤오스중학교의 동창생이기도 했다. 1951년에 샤오스중학교를 졸업한 리팅자오는 베이징외국어학교에 입학해서 외국어를 공부했다. 한창 한국전쟁이 발발하던 때였는데, 리팅자오와 학급 친구들은 분분히 전선으로 내보내달라고 신청했다. 이 소식을 전해들은 저우언라이(周恩来) 총리는 "전선으로 가지 마시오. 나라에서는 우수한 인재들을 절실히 필요로 하고 있습니다. 당신들은 아직 더 공부해야 합니다"라면서 그들을 만류했다.

　　리팅자오는 결국 전선으로 나가지 못했고, 농업대학교 보충 반에 편입되어 공부를 계속하게 되었다. 당시 그는 베이징공업대학(北京工业学院)나 칭화대학에 합격하기를 바랐는데, 1952년에 소원대로 베이징공업대학에 합격하였다. 대학교 시절에 남들보다 두드러진 활약을 보였던 그는 학급의 반장을 맡기도 했었다.

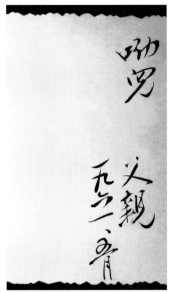

아버지 투롄궤이(屠濂规)가 투유유에게 줬던 사진의 앞면과 뒷면.

1954년 부터 1960년까지 그는 구소련의 레닌그라드공업대학교[04]에 유학하여 석사학위를 받았다. 귀국 후 리팅자오는 헤이룽장성(黑龙江省) 치치하얼(齐齐哈尔)시에 위치한 베이만(北满)강철공장에 배치되어 일하게 되었다. 나중에는 또 마안산(马鞍山)강철공장(1961~1964년), 베이징강철학원(北京钢铁学院, 1964~1976년), 야금공업부(冶金工业部) 등으로 자리를 옮겨서 일하였다. 강철에 대한 실무로부터 과학연구에서 관리에 이르기까지 강철과 끊을 수 없는 인연을 맺게 되었던 것이다.

마안산강철공장에서 근무하던 시기에 리팅자오의 누나가 마침 북경

---

04) 레닌그라드공업대학교: 현제의 상트페테르부르크국립공대임. -역자 주.

에서 근무하게 되었다. 한 고향 사람이었던 관계로 투유유는 자주 리팅자오의 누나와 만남을 가졌었다. 따라서 리팅자오가 누나를 만나러 베이징에 올 때에도 동창생이었던 투유유와 마주치는 경우가 많았다. 리팅자오의 누나는 자연스레 두 사람 사이에 중매자를 자처했고, 차츰 왕래가 많아지면서 한 쌍의 젊은 마음은 점점 하나로 이어졌다.

1963년 북경에서 재회한지 2년 만에 두 사람은 결혼식을 올렸다.

친구들은 이 두 사람의 결합을 전통(중약)과 현대(강철)의 결합이라고 놀리기도 했다.

투유유와 리팅자오의 젊은 시절 함께 찍은 사진.

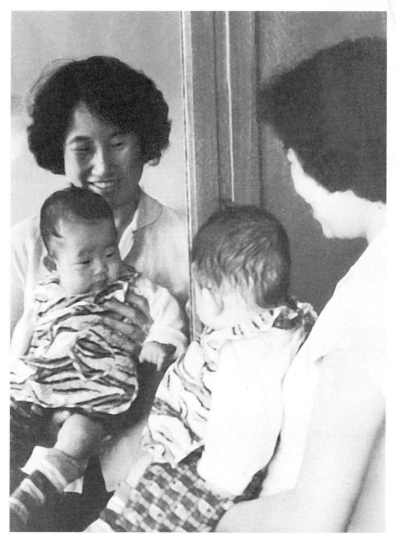

1965년 여름 투유유는 엄마가 되었다. 사진 속에 투유유가 안고 있는 아기가 바로 투유유의
큰딸 리민(李敏)이다.

대학교 동창 왕무쩌우(王慕鄒)의 아내는 투유유와 잘 아는 사이였다. 그녀에 따르면 투유유는 결혼 후에도 집안일을 제대로 할 줄 몰랐기에 거의 대부분을 그녀의 남편이 했다고 한다.

"투유유는 일반 여자들하고는 달라요. 마음이 무척 넓은 그녀는 모든 정력을 일에만 쏟아 부었지요."

가정에서의 역할이 서로 달랐지만, 결혼 후 이들 부부에게는 봉사(奉獻)라는 공통의 관심사가 있었다.

"당시의 우리에게 있어서 열심히 일해서 나라에서 맡겨준 임무를 완성해야 한다는 일념뿐이었지요. 임무가 있기만 하면 아이를 한 구석에 내버려 둔 채 바로 문을 나섰지요."

투유유는 아주 담담하게 지난 일을 얘기했다.

한번은 투유유가 하이난섬(海南島)으로 파견되어 가게 되었다. 당시 남편 리팅자오는 소련에서 야금기술을 배운 배경 때문에 5.7간부학교[05]에 보내졌던 상황이었다. 사업에 지장을 주지 않으려고 그녀는 이를 악물고 당시 4살에 불과하던 큰딸을 어린이집 전탁(全託)반에 맡기고, 작은딸은 아예 닝보의 친정집에 보내 이미 노인이 된 친정 부모들이 돌보게 했다. 오랜 시간 동안 "혈육 간의 이별" 때문에, 큰딸은 나중에 만나서도 선뜻 아빠 엄마라는 말을 입 밖으로 내지 못했다.

---

05) 5.7간부학교: 중국 문화대혁명시기 지식인들이 농촌으로 보내져 노동에 종사하면서 빈농들의 재교육을 받도록 했는데, 이를 5.7간부학교라고 불렀다. -역자 주.

1974년 봄, 투유유의 작은딸 리쥔(李军)이 외할아버지 투렌궤이와 외할머니 야오중첸(姚仲千)과 함께 찍은 사진. 당시 '523'프로젝트[06] 때문에 투유유는 어쩔 수 없이 어린 딸을 닝보의 친정집에 맡겨서 늙은 부모님들이 돌보게 했다.

---

06) '523'프로젝트: 당시 말라리아 퇴치 약물을 연구하던 프로젝트 -역자 주.

1996년에 찍은 투유유네 가족사진. 왼쪽부터 큰딸 리민, 투유유, 리팅자오, 작은딸 리쥔.

　작은딸 리쥔의 기억에 따르면 엄마에 대해 처음으로 선명한 인상을 가지게 된 때는 3살이 되어서였다고 했다. 리쥔을 닝보의 친정집에 맡긴지 수년이 지나서야 투유유는 비로소 약간의 시간을 내 오매불망 그리던 작은딸을 만나러 닝보에 갈 수 있었다. 그날 외할머니네 대문 앞의 작은 골목길에서 놀고 있던 리쥔은 멀리서부터 두 팔을 벌리고 "쥔아, 쥔아……" 하고 자기의 이름을 부르며 달음박질치듯 걸어오는 낯선 여인을 보고 깜짝 놀랐다.

　리쥔은 무의식적으로 몇 걸음 뒤로 물러섰다. 그 시각 어린 리쥔의 머릿속에는 이미 '엄마'에 대한 기억이 사라진지 오래였었다. 리쥔은 갑자기 눈앞에 나타난 행색이 꾀죄죄한 여인이 자기가 끊임없이 상상해왔던 엄마 투유유일 줄은 꿈에도 몰랐다. 당시 수년 동안이나 떨어져있던 엄마가 어떻게 단번에 자신을 알아볼 수 있었는지에 대해 리쥔은 지금도 미스터리라고 말하곤 한다.

삼사 년에 겨우 한 번꼴로 만나는 이런 모녀의 상봉은 그 후에도 오랫동안 되풀이되었다. 리쥔은 엄마가 과학연구와 사업 때문에 가정을 내팽개치다시피 하고 자기의 어린 자녀들마저 돌볼 겨를이 없다는 걸 도저히 이해할 수 없었다고 했다.

매번 어색한 모녀의 상봉을 겪고 나면 투유유 역시 당시 자기의 선택에 대해 회의를 느끼지 않을 수 없었다. 오랜 시간이 흐른 후 그녀는 약간은 후회하는 어조로 이렇게 말했다.

"딸이 성장한 후에도 한동안은 북경으로 돌아와 우리와 함께 생활하기를 원하지 않았지요."

지금의 기준으로 보면 그때의 선택은 인지상정에 어긋나는 일임이 틀림없었다. 그러나 이제는 집안 곳곳을 딸들과 외손녀의 사진으로 도배하다시피 하고 있는 투유유와 리팅자오에게 있어서, 이는 그 시절을 겪어온 사람들이라면 다 이해할 수 있는 부득이한 선택이었던 것이다.

중의학(中医學)을 공부하다

1959년에 사업에 참가한지 4년 째 되던 투유유는 보건부에서 설립한 "중의 강습반 3기(中医研究院西医离职学习中医班第三期)[07]" 학생이 되었다. 이때부터 투유유는 좀 더 체계적으로 중의약 지식을 습득할 수 있게 되었다.

투유유에게 있어서 이는 앞으로 그녀가 중의약에서 아이디어를 얻어

---

07) 중의 강습반: 당시 국가의 주도하에 양의사(西医)들이 잠시 직장을 이탈하여 전통의학을 공부하게 했음. -역자 주.

획기적인 말라리아 퇴치약물 '아르테미시닌'을 발견하는데 기초를 마련해준 셈이 되었다.

1950-60년대의 중국 의약계에는 중의사들이 양의학을 배우는 붐이 일었다.

1954년에 마오쩌둥은 전국의 의료부문들에 "양의사는 중의를 배워야 한다"는 지침을 하달하고 서양의학과 전통의학의 결합을 주장했다. 그 요지는 서양의학과 전통의학의 장점을 취합하여, 서양의학과 전통의학을 모두 초월하는 새로운 의학체계를 창조함으로써 신중국의 건설에 이바지한다는 것이었다. 이러한 노선에 따라 마오쩌둥은 전면적으로 엄중한 지시를 내렸다.

"금후에 가장 중요한 것은 우선 양의사들이 중의를 배우는 것이다.(今后最重要的是首先西医学中医)"

또한 직접 구체적인 개선조치를 취하기도 했다. 이를테면 100명에서 200명의 의과대학 졸업생들을 선발하여 유명한 중의사들에게 맡겨 허심탄회하게 그들의 임상경험을 학습하게 한 것이 그 일례였다.

양의사가 전통 중의학을 배우는 것은 영광스러운 일이었다. 왜냐하면 학습을 거쳐 의료수준을 향상시킴으로써, 서양의학과 전통의학의 계선을 허물고 통일적인 중국 의학체계를 형성할 수 있게 되고 나아가서는 세계 의학을 위해 기여할 수 있기 때문이었다.

당시의 중국 의학계에 있어서 "양의사들이 중의학을 공부해야 한다"는 논조는 오늘날처럼 자연스레 접할 수 있는 흔한 일이 아니었다.

신중국 성립 전후에 전국의 의료상황은 아주 엄격했다. 전염병이 도처에서 발생하고 의사와 약물이 턱없이 부족했으며, 의료보건 조건은 극도로 열악했다. 당시에 전국적으로 양의사는 2만여 명밖에 안 되었고, 중의사들은 십여 만이 넘었지만 정상적으로 역할을 발휘할 수 없었다.

당시 중의약이 "있는 힘을 제대로 쓸 수 없게 된 원인"은 신중국 설립 초기에 반포한 『중의사 잠정조례(中医师暂行条例)』, 『중의사 잠정조례 실시세칙(中医师暂行条例施行细则)』, 『의사, 중의사, 치과의사, 약사 자격시험에 관한 잠정 방법(医师, 中医师, 牙医师, 药师考试暂行办法)』 등 중의약에 관한 관리문건들에서 규정한 내용들이 지나치게 비현실적이고 엄격한 방법이었기 때문이었다.

이로 인해 1953년 전국 92개의 크고 작은 도시와 165개 현에서 등록하고 심의를 거쳐 합격한 중의사는 1.4만여 명 밖에 안 되었다. 심지어 산시(山西)성 원청(运城) 구역 18개 현에서 합격 점수를 받은 중의사가 한 명도 나오지 않았다. 당시 톈진(天津)시의 중의 수준은 전국적으로도 비교적 높았는데 시험에 참여한 530여 명의 중의사 가운데 합격자는 고작 55명에 불과했다. 장시(江西)성 보건청(卫生厅)에서 1950년과 1951년에 전후로 두 차례 중의사 등록심의를 실시하고 중의사 자격증을 발급했는데, 8,728명이 등록했지만 정식 중의사 자격증을 수여받은 중의사는 424명밖에 안 되었고, 3,648명은 임시 자격증을 받았으며, 나머지는 사실상 중의사 자격을 박탈당했다. 1950년에 심의에서 탈락한 1,355명의 중의사들에게 특별시험을 보도록 했었는데, 많은 중의사들이 제기한 "시험을 연기해 달라"는 요구가 묵살되었고 결국 727명만 응시하여 327명만 합격하였다. 결국 이는 더 많은 중의사들의 불만을 야기시켰다.

1950년대의 마오쩌둥.

이밖에 구체적인 의료 사업에서도 적지 않은 문제들이 발생하였다.
이를테면 무상의료제도에서 중의사의 작용을 충분히 고려하지 못하
여, 중약을 복용하면 영수증 청구가 안 되고, 대형병원들에서 중의사
를 채용하지 않았다. 또한 중의사 강습반에서는 아주 간단한 현대의학
진료기술만 가르쳤고 일방적으로 중의사들에게 서양의학으로 전향할
것을 종용했다.

여러 대학들에서는 중의약 학과 개설을 전혀 고려하지 않았으며, 중
화의학회(中华医学会)에서는 중의사 회원을 받아들이지 않았다. 그리고
중약의 생산과 판매에 대해 아무도 관리하지 않았고, 대중들의 환영은
물론 병 치료에도 효과적이었던 일부 중약의 판매를 멋대로 금지하기
도 했다. 나아가서 일부 사람들은 신문지상에 공개적으로 평론을 발표

하여 중의사는 '봉건의사'라고 단정하면서, 봉건사회의 소멸과 함께 중의 역시 소멸되어야 할 것이라고 역설했다.

1956년 8월 24일 마오쩌둥은 제1회 전국음악주간(全国音乐周的)에 참가한 대표들을 접견하고 그 자리에서 중국음악가협회의 책임자와 대화를 나누었다. 이번 담화에서 마오쩌둥은 '중국화(中国化)'의 필요성에 대해 충분히 역설했는데, "중서의(中西医)의 결합"이 여러 번이나 실례로 언급되었다.

마오쩌둥은 다음과 같이 말했다.

"만약 먼저 해부학이나 약물학 따위를 배우고 나서 다시 중의와 중약을 연구한다면 좀 더 빨리 중국의 것을 발전시킬 수 있을 것이다(如果先学了解剖学, 药物学等等. 再来研究中医, 中药, 是可以快一点把中国的东西搞好的)"

"근본적 이치를 명확히 해야 한다. 기본원리는 서양의 것도 배워야 한다. 수술 칼을 중국의 것만 쓴다면 통하지 않는다. 따라서 서방의 근대 과학으로써 중국 전 통의학의 법칙을 연구하여 중국의 신의학을 발전시켜야 할 것이다. (要把根本道理讲清楚:基本原理, 西洋的也要学. 解剖刀一定要用中国式的, 讲不通. 就医学来说, 要以西方的近代科学来研究中国的传统医学的规律, 发展中国的新医学)"

"당신들은 '양의사'이지만 중국화가 되어야 할 것이다. 나중에 중국의 것을 연구 할만한 것을 배워야 할 것이다. 배운 것을 중국화해야 할 것이다. (你们是'西医', 但是要中国化, 要学到一套以后来研究中国的东西, 把学的东西中国化)"

"외국의 장점들을 배워서 중국의 것을 정리하고, 중국 자체의 독특한 민족풍격이 있는 것들을 창조해야 할 것이다. 그래야만 이치에 어

울리는 일이고, 민족적인 자신감도 잃지 않게 될 것이다.(应该学习外国的
长处，来整理中国的，创造出中国自己的，有独特的民族风格的东西．这样道理才能讲通，
也才不会丧失民族信心)"

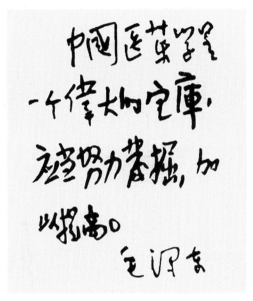

1958년 10월, 보건부에서 중앙에 제출한 『양의사의 중의강습반 참여에 대한 종합보고(关于
西医学中医离职学习班的总结报告)』에 대한 서면 지시.

마오쩌둥은 이미 점차적으로 뚜렷하고 완전하게 "중서의 결합사상"
에 대한 생각을 표하였다. 양의사가 중의학을 공부하고, 중의사가 현
대의학기술을 공부하며, 중서의(中西医)가 긴밀히 합작하고, 현대 과학
기술을 응용하여 조국의 의학적 유산을 계승 발전시킴으로써, 중국 특
색이 있는 새로운 의약학의 발전의 길로 나아가야 하는 것이었다.

1958년 10월 11일 보건부 당 조직에서는 중앙에 『양의사의 중의강습
반 참여에 대한 종합보고(关于西医学中医离职学习班的总结报告)』를 제출했

다. 이에 마오쩌동 은 "중국 의약학은 하나의 위대한 보물고이다. 반드시 잘 발굴하고 제고시켜야 할 것이다.("中国医药学是一个伟大的宝库, 应当努力发掘, 加以提高)"라는 서면 지시를 내렸다. 이는 마오쩌동이 중의약을 중국 전통문화가 우리에게 남겨준 진귀한 유산의 하나라고 인정하고 있음을 잘 보여주고 있다. 그는 또 중의약을 잘 발굴하여 현실적인 가치를 실현할 것을 강조하고 있다.

이로써 중국에서 중의와 서양의학의 결합은 신속하게 걸음마를 타기 시작했다.

마오쩌동은 1958년 10월 11일의 중의약에 대한 중요한 서면지시에서 아래와 같이 특별히 언급하고 있다. "내가 보건대, 1958년에 모든 성 직할시 자치구에서 각각 70~80명씩 양의사들을 선발하여 2년 동안의 중의강습반을 만들면, 1960년 겨울이나 1961년 봄에 우리는 대략 2,000명 남짓한 중의와 서양의학이 결합된 고급의료진을 확보하게 될 것이다. 그 가운데는 몇몇 고명한 이론가도 나올 수도 있을 것이다."

1960년 "양의사가 중의학을 배우는 경험교류회의" 때의 통계에 따르면 전국적으로 이직(離職)하여 중의학을 공부하는 강습반이 37개이고 학생은 2,300여명에 달했으며, 재직하면서 중의학을 공부하는 양의사는 36,000여 명에 달하게 되었다. 여러 의과대학들에서도 거의 다 중의학 과정을 개설하여 관련 인재를 배양했다. 이 가운데 대다수는 나중에 중의학이나 중서의(中西医) 연구의 핵심 기술 인력이나 학계의 리더가 되었다.

1960년, 중의연구원의 제3기 "양의사 중의강습반" 졸업사진이다. 두 번 째 줄 왼쪽 여섯 번 째가 투유유이다. 앞줄 오른쪽 여덟 번 째가 푸푸저우(蒲辅周)이다. 푸푸저우는 당대의 걸출한 임상중의학자로서 저우언라이(周恩来)의 보건의사를 담당했었다. 앞줄 오른쪽 열 번째가 두쯔밍(杜自明)인데 중의접골전문가이다. 두쯔밍의 사후에 저우언라이 총리가 몸소 우의병원(友谊医院)을 찾아 그의 유체고별식에 참여했었다. 앞줄 왼쪽 열 번째가 가오허녠(高合年)인데 당시 중의연구원 부원장을 역임했었다. 앞줄 첫 번째가 중의학 대가 탕유즈(唐由之)인데 일찍 마오쩌둥의 눈병을 치료한 적이 있다. 네 번 째줄 오른쪽 열 번째가 저명한 연구원 가오샤오산(高晓山)인데 약성이론(药性理论)의 선구자로 인정받고 있다.

 1959년 투유유는 적극적으로 신청하여 중의연구원의 제3기 "양의사 중의강습반"[08] 성원이 되었다. 직장을 떠나 공부하던 2년 반 동안, 그녀는 이론지식을 습득했을 뿐만 아니라 임상학습에도 참여했다.

 자기의 전공을 살리기 위해 투유유는 적극적으로 약재회사에 찾아가서 경험이 풍부한 약제사들한테서 중약의 감별과 조제기술을 배웠으며, 베이징시의 중약 조제경험총화 등 활동에도 참여하면서 약재의 품종, 진위, 지역별 품질, 조제기술 등에 대해 파악하였다.

---

08) 양의사 중의강습반(西医离职学习中医班) : 당시 정부 지침에 따라 젊은 양의사들을 선발하여 다니던 직장에서 일시적으로 휴직하고 중의학 교육을 받도록 한 강습반임.

중약의 조제는 중의에서 약을 쓰는 특징의 하나이다. 중의약 이론과 약재 자체의 성질 및 임상응용의 수요에 따라 채용하는 일종의 독특한 제약기술이다. 중약은 조제 과정을 거쳐야만 복용할 수 있는데, 중약 재를 선별하고 다듬고 달이거나 굽는 등의 수단으로 그 독성이나 부작 용을 최소화하고, 약물의 성질을 바꾸거나 완화하고 약효를 높이는 것 이 그 목적이다.

학습을 마친 후 투유유는 보건부에서 하달한 중약 조제 연구 사업에 참여하게 되며, 『중약 조제경험집성(中药炮制经验集成)』이라는 저서의 주 요한 편찬자의 하나가 되었다. 이 책은 각 지역의 중약 조제 경험을 광 범위하게 수집하였으며 관련 문헌들에 대해 비교적 체계적으로 정리 하였다.

1962년 "중의연구원 서의(西醫)를 떠나 중의반(中醫班)에서 학습했을 시절"의 투유유

이와 같이 창조적인 이직강습반(脫产培训班)이 있었기에 투유유는 동시에 중의학과 서양의학이라는 두 가지 의학을 숙련되게 장악할 수 있게 되었으며, 각자의 역사와 이념적 차이점을 더 잘 이해하게 되었고, 나아가서 전통의학의 경험적인 지식을 현대생물의학의 최신기술과 연계시킬 수 있게 되었다. 일찍 마오쩌동이 "그 가운데는 몇몇 고명한 이론가도 나올 수도 있을 것이다"라고 언급했었는데, 투유유가 바로 그러한 이론가의 일원이 된 것이다. 이러한 경력들은 금후 투유유가 개똥쑥을 연구하는데 훌륭한 기틀을 마련해주었다.

투유유는 2년 반 동안 이직(離職)하여 보건부에서 설립한 중의연구원의 제3기 "양의사 중의강습반"에 참여하였다. 위 사진은 1962년에 발급받은 졸업증서이다.

제❸장
뜻을 세우고 개똥쑥(靑蒿)을 찾다

제3장
뜻을 세우고 개똥쑥(靑蒿)을 찾다

신비한 '523'

1969년 1월 21일 투유유는 자신의 과학연구 인생에서 중요한 전환점을 맞이하게 되었다.

이날 투유유는 전국적인 프로젝트 '523'프로젝트에 대한 소식을 들었다. 투유유에게 있어서는 한 번도 들어본 적이 없는 생소한 프로젝트였다.

직접 중의연구원을 방문한 '523'프로젝트 책임자가 흉금을 털어놓고 말했다. "중약으로 말라리아를 퇴치하기 위한 작업은 이미 적잖이 진행해왔습니다. 전염지에 가서 조사하고, 일부 비방들을 수집하여 시험도 해보았지요. 더러는 일정하게 효과를 보이기도 했지만 만족할만한 수준은 아니었고, 사용법이나 조제에서도 문제점이 있었습니다. 처방을 적지 않게 얻기는 했습니다만 태반이 복방(複方)약 처방이지요. 이렇게 많은 처방들을 어떻게 한단 말입니까! 어느 처방이 좋고, 어떤 역할을 하는지를 알 수 없어요. 우리는 경험도 많지 않고 이렇다 할 방법도 별로 없습니다. 그래서 당신들이 이 프로젝트에 참여해주었으면 하는 겁니다."

말라리아를 중국 민간에서는 "다바이쯔(打摆子)"라고 부르는데 요즘의 중국에서는 이미 거의 자취를 감추어버렸다. 대부분의 사람들은 전쟁 시대나 더 오랜 시대의 상황을 반영한 영상물이나 연극, 문학작품들을 통해 말라리아를 접했었다. 병이 나면 고열로 몸이 불같이 뜨거워지다가도 또 얼음구덩이에 떨어지기라도 한 것처럼 온몸을 와들와들 떨었다.

말라리아는 특히 군사행동에서 자주 무형의 킬러로 등장해왔다. 고금 중외의 전쟁사를 살펴보면 말라리아의 유행으로 부대가 심각한 손실을 입어 군사행동의 실패를 야기한 사례는 얼마든지 있었다.

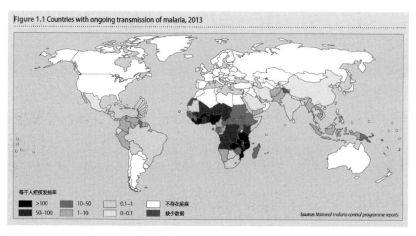

2013년에 말라리아가 전파된 국가와 지역.

키니네나무(quinine, 皮金鷄納樹).

　말라리아와의 전쟁에서 초기에 가장 효과를 보였던 약물은 기니네나무 추출물이었다. 19세기에 프랑스의 화학자가 키니네나무의 껍질에서 항말라리아 성분인 퀴닌(quinine)을 추출해낸 것이다. 그 후 제2차 세계대전 때에 과학자들은 또 퀴닌의 대체물인 클로로퀸(Chloroquine)을 발명해냈다. 클로로퀸은 한때 말라리아 특효약으로 명성을 떨쳤었다.

　하지만 말라리아를 일으키는 말라리아 원충은 점차 클로로퀸에 대해 내성이 생기기 시작했다. 특히 1960년대에 이르러 동남아지역에서 말라리아가 다시 기승을 부리기 시작했는데 통제할 수 없는 정도에 이르렀다.

　바로 이 시기에 미국은 제2차 세계대전 후 참전인원이 가장 많고 영향력이 가장 큰 전쟁인 베트남전쟁을 일으키게 되었다. 전쟁의 확대와 함께 미국과 베트남 쌍방의 사상자 수는 부단히 늘어났다.

베트남전쟁에서 말라리아에 감염된 병사.

　뒤이어 베트남전쟁에도 총알이나 폭탄보다 훨씬 더 무서운 '적', 강한 내성을 가진 악성말라리아가 나타났다. 미국과 베트남 군대가 고전하고 있었던 아시아 열대우림 지역에 말라리아는 제3의 군대처럼 소리 없이 쳐들어와 교전 쌍방에 치명적인 공격을 가하기 시작했다. 관련 자료에 따르면 1964년 미군이 베트남전쟁에서 말라리아로 인한 인원 손실은 전투로 인한 인원 손실의 4~5배에 달했다. 1965년 베트남 주재 미군의 말라리아 발병률은 50%에 달했다. 하노이 보건국의 통계에 따르면 베트남인민군의 1961년부터 1968년까지의 상병자(傷病者) 비례를 보면, 1968년의 1/4분기를 제외한 모든 시간대에 병으로 인한 환자가 전투로 인한 부상자수보다 훨씬 더 많았는데, 병으로 인한 환자의 거의 대부분은 말라리아 감염 환자였다.

　열대지역에 위치한 베트남은 수림이 울창한 산악지대가 많고 기후가

습하고 무더워 모기가 사계절 끊이지 않았기에 원래부터 말라리아가 지속적으로 유행하던 지역이었다. 하지만 당시의 말라리아 치료약 클로로퀸과 관련 파생약물들은 이미 베트남에서 유행하고 있던 말라리아에 대해 기본상 약효를 상실했다.

심지어 말라리아를 억제할 수 있느냐 없느냐가 베트남전에서 쌍방의 중요한 '승부수'로 떠올랐다.

미국에서는 이 난제를 해결하기 위해 별도의 말라리아위원회를 설립했는데, 대량의 연구 경비를 투입하고, 수십 개의 기관을 동원하여 말라리아 퇴치 연구를 진행했다. 1972년에 이르러 미국 월터리드 미육군 연구소(Walter Reed Army Institute of Research)에서는 이미 21.4만 종의 화합물을 선별했지만 효과적인 항말라리아 약을 찾지 못했다.

베트남공산당 총서기 호찌민은 이웃하고 있는 같은 사회주의 국가 중국에 직접 찾아와서 마오쩌둥에게 항말라리아 약품과 말라리아 퇴치 방법을 지원해줄 것을 요청했다.

1965년, 마오쩌둥이 창사(長沙)에서 베트남공산당 총서기 호찌민을 회견했다.

　혁명전쟁시기에 말라리아를 앓은 적이 있어 그 위해를 익히 알고 있던 마오쩌둥은 흔쾌히 대답했다.

　"당신들의 문제를 해결해주는 것은 곧 우리 스스로의 문제를 해결하는 일입니다."

　베트남공산당의 요청에 따라, 마오쩌둥과 저우언라이는 관련 부문에 지시하여, 부대의 전투력에 심각한 영향을 끼치고 군사행동을 제약하는 열대지구 말라리아 퇴치 문제를, 전쟁준비에 준하는 긴급한 대외원조 문제로 입안(立案)했다. 따라서 신형의 항말라리아 약을 연구제작하는 것이 당시 중국군대 내의 의약기술 연구원들의 중요한 정치적 임무로 떠올랐다. 1964년부터 중국군 내에서 항말라리아 약 연구를 시작했다. 1966년에 군사의학과학원 미생물류형병 연구소(軍事医学科学院 微生物流行病研究所)와 독리약리연구소(毒理药理研究所)의 전문가들이 응급 예방처 방의 연구를 진행하여 말라리아 예방 1호와 2호를 설계함으로 써, 예방시간을 원래 의 1주일에서, 10일 내지 2주일까지 연장했다.

악성말라리아 퇴치 약물을 제공하는 것은 긴박하고 막중한 임무였 기에 군대 내의 제한된 연구역량으로 단기간 내에 완성하는 것은 지극 히 어려운 일이었다. 전쟁준비에 준하는 이 대외원조 임무를 효과적으 로 완성하기 위해서는 전국적인 범위 내에서 연구자들을 조직하고 민 군이 협력하여 진행해야만 했다. 따라서 내성을 가진 열대지역 악성말 라리아 퇴치 요구에 근거하여 중국인민해방군 군사의학과학원에서는 3년을 기한으로 한 연구계획 초안을 작성하고, 반복적인 검토와 토론, 상급의 비준을 거쳐 중국인민해방군 총후근부(中国人民解放军总后勤部) 명 의로 국가 과학기술위원회에 협조를 요청하게 되었다. 뒤이어 국가보 건부(国家卫生部)·화학공업부(化工部)·국방과학기술공업위원회(国防科工 委)·중국과학원(中国科学院) 의약공업총공사(医药工业总公司) 등이 주축이 되어 관련 과학연구·의료·교육·제약 등 부문을 규합하여, 통일적인 계획아래 구체 업무를 분담하고 공동으로 이 프로젝트를 진행하게 되 었다.

국가 과학기술위원회와 중국인민해방군 총후근부는 1967년 5월 23 일 베이징에서 관련된 각 부와 위원회, 군 총부와 관련 성·시·구·군대 지도자와 소속 기관이 참여한 가운데 "말라리아방지약물 연구사업 협 력회의(疟疾防治药物研究工作协作会议)"를 조직하고 3년 기한의 연구계획을 토론하여 확정했다.

이로써 항말라리아 신약 연구의 서막이 열렸다.

당시 이는 전쟁 준비에 준하는 긴급한 대외원조 군사연구프로젝트로, 비밀을 보장하기 위해 회의 날짜인 5월 23일의 숫자를 따서 '523'프로젝트라고 명명했다.

투유유가 노벨상을 받은 후, 하룻밤 사이에 '523'이라는 이 코드는 신속하게 여러 사람들의 주의를 끌었고, 많은 사람들이 '523'프로젝트를 아르테미시닌 연구로 인식했다. 실상 '523'프로젝트는 하나의 방대한 비밀프로젝트로, 단순히 아르테미시닌만 연구한 것이 아니라, 말라리아 퇴치에 관한 모든 영역을 포함하고 있었다. 전국의 여러 성·시와 여러 업종들이 연계된 국가적인 방대한 프로젝트였던 것이다.

신중국이 성립된 후, 중국에서의 말라리아 퇴치사업은 네 개의 과정을 거치게 되었다. 50년대는 제1단계로 발병원인을 조사하고 발병률을 낮추는 것이 주된 임무였다. 60년대와 70년대는 제2단계로 말라리아의 유행을 통제하는 것이 주된 임무였으며, 80년대와 90년대는 제3단계로 말라리아를 퇴치하는 것이 주된 임무였다. 2000년 후가 제4단계로 말라리아 퇴치 성과를 공고히 하는 것이 주된 임무였다.

'523'프로젝트는 시기적으로 1960~70년대에 속해있었기에 제2단계에 해당하는 데 단순히 "미국에 대항하여 베트남을 원조"하기 위해서만 진행한 프로젝트가 아니었다. 1950년대에 《(소수민족지역 말라리아 퇴치사업 방안(少数民族地区疟疾防治工作方案)》과 《말라리아 퇴치계획(疟疾防治规划)》 등 여러 가지 계획을 세웠으며, 보건공작대와 방역대, 의료대 등을 조직하여 말라리아 유행지역에 들어가 감염 환자들을 치료하고 예방사업을 전개하도록 했다.

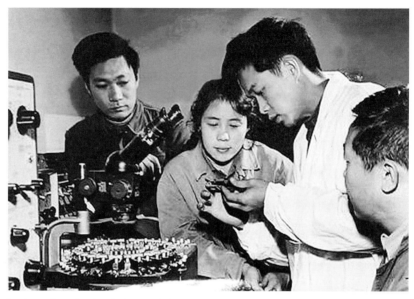

'523'프로젝트 연구자들이 연구를 진행하고 있다.

또한 말라리아 방역소를 설치하고 말라리아 퇴치를 위한 연구와 핵심 기술인력 양성에 주력했으며, 말라리아 강습반을 조직하여 관련 인력대오 건설도 함께 진행했다. 이러한 일련의 조치들에 힘입어 중국의 말라리아 퇴치사업은 체계적인 관리 단계에 진입할 수 있었고, 말라리아 발병율도 1955년 102.8/10,000에서 1958년 21.6/10,000으로 대폭 낮아졌다.

하지만 정치 경제적 원인과 자연적 요소 등 복합적인 원인으로, 1960년대 초와 70년대 초, 중국에서는 말라리아가 대규모적으로 발발했다. 전국적으로 말라리아 발병 인수가 1,000만에서 2,000만에 달했는데, 1960년과 1970년의 전국 평균 발병율은 각각 155.4/10,000와 296.1/10,000에 이르렀다. 그 가운데 1970년은 신중국이 성립된 이래

말라리아 발병율이 가장 높은 한 해였다.

당시에 마오쩌동이 "당신들의 문제를 해결해주는 것은 곧 우리 스스로의 문제를 해결하는 일입니다"라고 말했었는데, 결과적으로 보면 상당히 의미심장한 말이었음을 알 수 있다. 그 시기에 말라리아 문제는 이미 내유외환의 문제였고 해결하지 않으면 안 되는 문제였다.

'523'프로젝트의 임무는 아주 명확했는데, 민군협력으로 바로 효력을 볼 수 있어야 할 뿐만 아니라, 그 효력이 장기적으로 지속될 수 있는 효과적인 말라리아 퇴치약물을 개발하는 것이었다.

따라서 일곱 개 성 시에서 전면적으로 항말라리아 약물의 조사연구와 선별작업이 이루어졌다. 1969년까지 선별한 화합물과 창하오를 포함한 약초는 만여 종에 달했지만 이상적인 결과를 보지는 못했다.

연구팀 팀장이 되다

'523'프로젝트에 참여하라는 지시를 받은 중의연구원은 난처한 입장에 빠졌다.

'문화대혁명'에서 심각한 피해를 입은 당시의 중의연구원은 거의 모든 연구과제들이 전면적으로 중지되었고, 경험이 풍부한 많은 노전문가들이 한쪽으로 밀려났다.

'523'프로젝트라는 중임을 누구한테 맡긴단 말인가? 과연 누가 맡아낼 수 있단 말인가?

마침 그 때 39살이 되는 투유유가 있었다! 아직까지의 직함은 연구실습원(研究实习员)에 지나지 않았지만, 이미 중약연구소(中药所)에 입사한지 14년에 이르던 그녀는 중의와 서양의학을 모두 아는 두 가지 배경을 동시에 갖고 있었다. 또한 식물에서 효과적인 화학성분을 추출하는 연구에 주력하고 있었으며, 중약연구소의 차세대 리더 그룹에 속해 있었다.

당시의 중약연구소 상황에서는 누가 뭐래도 투유유가 가장 적임자였다. 20여 세 때부터 투유유와 함께 일해 왔던 중국중의과학원 중약연구소 전 소장 장팅량(姜廷良)은 다음과 같이 말했다. "중임을 투유유에게 맡길 수 있었던 이유는, 그녀의 중의와 서양의학 방면의 탄탄한 기초와 모든 동료들이 인정할만한 연구능력에 있었다."

1969년 1월부터 중의연구원 중약연구소 내에는 역대로 내려오던 옛 의서(醫書)들을 탐독하고, 적극적으로 경험이 많은 중의사들을 찾아다니고, 심지어는 일반인들이 보내온 편지까지 하나하나 직접 뜯어보는 분주한 실루엣이 있었다.

그가 바로 39세가 된 투유유였다. 연구팀 팀장으로 발령이 나서부터 그녀는 정식으로 항말라리아의 길을 걷게 되었다.

당시는 이것이 '523'프로젝트에서 중대한 진전을 이루는 시작이 될 줄을 그녀 스스로도 몰랐다.

명색이 연구팀 팀장이었지만 초기에는 독불장군에 지나지 않았던 투유유였다. 그렇지만 그녀는 혼자서 묵묵히 약물을 찾는 일에 매진해야 했다.

첫 시작은 본초(本草)에서부터 시작했다. 투유유는 역대의 의학서를 수집·정리하고 군중들이 제보한 방편들을 일일이 검토했으며, 경력이 오래된 중의사들을 방문하여 가르침을 청했다. 3개월 밖에 안 되는 사이에 투유유는 식물성, 동물성, 광물성 등 여러 종류의 관련 내복약 외용약 처방들을 2,000여 가지나 수집했다. 이를 기초로 해서 그녀는 640여 개의 약 처방이 포함된 『말라리아 특효약방집(疟疾单秘验方集)』을 만들어서, 1969년 4월에 '523'프로젝트위원회에 제출했으며, 또한 관련 기관들에 보내주어 참고하도록 했다.

이 가운데에는 나중에 아르테미시닌을 추출하게 되는 개똥쑥도 포함되어 있었다.

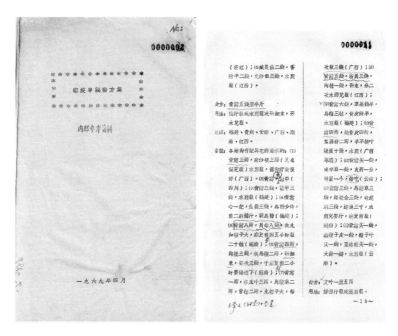

1969년 4월에 나온 『말라리아 특효약방집(疟疾单秘验方集)』의 표지와 본문의 개똥쑥 관련 내용.

하지만 첫 단계의 약물 선정과 시험에서 개똥쑥은 투유유가 특별히 관심을 가지고 주목하는 대상이 아니었다. 약물 배합으로 상산(常山) 추출물 상산감(常山碱, dichroine)이 구토를 유발하는 부작용을 완화하는 것이 당시 투유유의 연구 포인트였다. 그녀는 구토 억제효과가 있는 중약재들을 골라 '상산감'과 배합하여, 비둘기와 고양이를 상대로 약리실험을 진행했다. 하지만 가장 좋은 배합이라고 해도 비둘기에게 만 일부 효험을 보였을 뿐, 고양이에게는 거의 약효가 없었다.

1969년 5월부터 투유유는 중약재들의 알코올 추출물 등을 군사의학 과학원(軍事醫学科学院)에 보내 항말라리아 약물 선별을 하도록 했는데, 6월 말까지 50여 개의 샘플을 전달했다. 이 가운데 후추의 추출물이 생쥐의 말라리아 원충을 억제하는데 84%에 달하는 효과를 보았다. 이 는 사람들을 놀라게 하는 수치였다. 하지만 그 후의 진일보한 연구에 서 나온 결과는 이상적이지 못했다. 후추 추출물은 말라리아 감염 상 태를 개선만 할 뿐, 근본적으로 말라리아 원충을 소멸시키지는 못했던 것이다.

1969년 7월, 하이난 말라리아 감염구역은 한창 현장 연구에 적합한 시기였다. '523'프로젝트 위원회에서는 중약연구소에서 3명의 연구인 원을 파견할 것을 요구했다. 동시에 상반기에 선별해냈던 샘플 가운 데, 말라리아 억제율이 비교적 높았던 후추와 고추, 명반 추출물을 갖 고 가서 임상시험을 하도록 지시했다.

1969년, 투유유가 하이난(海南)의 말라리아 전염구역 창장(昌江)에서 찍은 사진이다.

1969년 투유유는 '523'프로젝트 임무를 수행하던 중 "다섯 가지가 우수한 대원(五好队员)"이라는 칭호를 수여받았다.

중약연구소에서는 투유유를 비롯한 3명의 연구인원을 하이난으로 파견했다. 하이난 말라리아 감염구역에서의 임상시험 결과에 따르면, 후추와 고추, 명반 추출물 샘플들은 생쥐의 말라리아 원충 억제율이 80%에 달하기는 했지만, 말라리아 감염환자들에 대해서는 증상만 완화시킬 뿐, 환자의 말라리아원충 검사에서 음성반응을 보이지 못했다.

임무가 끝난 뒤, 투유유는 광둥성 '523'프로젝트 위원회에서 발급한 "다섯 가지가 우수한 대원(五好队员)" 칭호를 수여받았다.

1970년 연구팀은 여전히 후추에 대한 연구에 정력을 쏟아 부었다. 2월부터 9월까지 연구팀은 중국군사의학과학원에 후추 등의 추출물과 각종 혼합물의 샘플 120점을 보내 테스트하도록 했다. 테스트 결과, 후추는 분리추출 후에도 그 효능이 제고되지 않았으며 성분 비례를 조절해도 효능이 조금 높아졌을 뿐, 클로로퀸의 효능에는 훨씬 미치지 못했다.

1971년 광저우(广州) 회의에서 '523'프로젝트의 중의중약(中医中药) 부문은 그 규모를 늘릴 수는 있어도 축소하지는 못한다고 명확한 방침을 내렸다. 따라서 투유유의 연구팀은 연구인원이 4명으로 늘어나게 되었다. 팀장 투유유의 휘하에 정식으로 3명의 팀원들이 추가된 것이다.

1971년 9월까지 100여 종의 중약재의 수용성 추출물과 알코올 추출물 샘플 200여 개를 선별해낸 연구팀 성원들은 은근히 성과를 기대했지만 결과는 실망적이었다. 선별해 낸 중약재 추출물 가운데 말라리아 원충 억제율이 가장 높은 것이라고 해봐야 겨우 40% 정도에 불과했던 것이다.

그렇다면 사서(史書)의 기재가 잘못된 것이란 말인가?

아니면 실험 방안이 잘못되었단 말인가?

중의약이라는 이 보고(寶庫)에서 정녕 보물을 발굴해낼 수 없다는 말인가?

클로로퀸을 넘어설 방법이 없고, 상산(常山)은 이미 그 끝을 보였으니, 정말로 막다른 골목에 이르렀단 말인가?

191번 째 샘플

"다시 머리를 파묻고 의학서를 탐독해야 한다!" 투유유의 끈질김은 여러 사람들을 감염시켰다. 『신농본초경(神农本草经)』에서 『성제총록(圣济总录)』으로, 다시 『온병조변(温病条辨)』에 이르기까지 …… 한 무더기의 두터운 의학서들을 보풀이 일 정도로 읽었다.

현존하는 가장 오래된 중의약서 『신농본초경(神農本草經)』에는 개똥쑥으로 병을 치료한 기록이 있다.

오랜 기간 동안 개똥쑥은 전혀 사람들의 주의를 끌지 못하는 평범한 약재에 불과했다. 그러던 어느 날 투유유는 비등점이 34.6도밖에 안 되는 에틸에테르(ethyl ether)로 물과 알코올을 대체해서 개똥쑥의 유효성분을 추출하기로 결정했다.

그런데 이게 중요한 전환점이 될 줄은 아무도 몰랐다. 온도, 개똥쑥 추출에서 포인트는 바로 온도였던 것이다.

개똥쑥는 2000여 년 전부터 중국에서 약재로 사용되어 왔었다. 개똥쑥에 대한 최초의 기록은 마왕퇴(馬王堆)의 3호굴 한묘(漢墓)에서 출토된 『오십이병방(五十二病方)』에 있었다. 그 후의 『신농본초경』 등 의학서들에서도 이에 상응하는 기록을 찾을 수가 있다. 개똥쑥이 말라리아 치료에 사용된 최초의 사례는 기원 340년경에 동진(东晋)의 갈홍(葛

洪)이 저술한 『주후비급방(肘后备急方)』에서 찾아볼 수 있다. 그 후 송나라 때의 『성제총록』이나 원나라 때의 『단계심법(丹溪心法)』, 명나라 때의 『보제방(普济方)』 등 저서에도 모두 "개똥쑥탕(青蒿汤)"이나 "개똥쑥환(青蒿丸)" "개똥쑥산절학(青蒿散截疟)" 등에 관한 기록들이 있었다. 명나라 때의 이시진(李时珍)은 『본초강목(本草纲目)』에서 선인들의 경험을 기록한 것 외에, 말라리아 한열(寒熱) 치료에 관한 기록을 남겼고, 청나라 때의 『온병조례』나 『본초비요(本草备要)』와 같은 저서들은 물론 민간에서도 개똥쑥을 응용하여 말라리아를 치료한 사례들이 있었다.

의학문헌들을 반복적으로 탐독하는 과정에서 『주후비급방』의 개똥쑥에 관한 기술이 투유유의 주의를 환기시켰던 것이다.

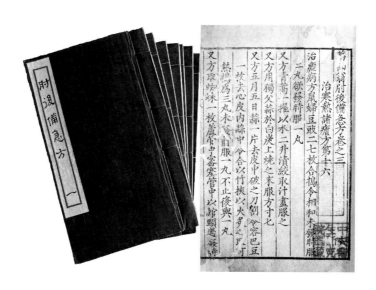

개똥쑥이 말라리아 치료에 사용된 최초의 사례는 동진(东晋)의 갈홍(葛洪)이 저술한 『주후비급방(肘后备急方)』에서 찾아볼 수 있다.

투유유가 『주후비급방』에서 아이디어를 얻은데 대해 사람들은 대체로 아래와 같이 묘사하고 있다.

어느 날 새벽(혹은 심야)에 갈홍의 『주후비급방』을 탐독하고 있던 투유유의 머릿속에 얼핏 떠오르는 생각이 있었다. ……

이 고서에서는 개똥쑥의 사용법에 대해 아래와 같이 기술하고 있다. "개똥쑥 한 움큼을 물 두 되에 불려두었다가 즙을 짜내어 한꺼번에 마신다.(靑蒿一握, 以水二 升漬, 绞取汁, 尽服之)"

하지만 실제 실험은 반복적이고 번잡하기 그지없었다. 투유유는 2009년에 출판한 저서 『개똥쑥과 아르테미시닌류 약물(靑蒿及靑蒿素类药物)』에서 당시의 일련의 실험들을 언급하고 있다.

이 저서에는 특별한 언급이 있었다. 분리하려 추출한 순수 아르테미시닌은 물을 추가하여 반시간 동안 끓여도 항말라리아의 약성은 변하지 않는다는 것이다. 이로부터 알 수 있는 것은 다른 불순물이 함께 들어있는 개똥쑥의 초기 추출물에서만, 온도가 상승하면 아르테미시닌의 항말라리아 약성이 파괴된다는 것이었다.

왜 선인들은 "즙을 짜낸다"고 했을까? 일전의 추출 연구에서는 일반적으로 물에 끓이거나 알코올을 이용하는 방법으로 중약의 유효성분을 추출했다. 그러나 결과는 모두 이상적이지 못했다. 그렇다면 개똥쑥 속의 유효 성분이 고온이나 효소에 의해서 파괴된다는 말인가? 또한 개똥쑥은 어떤 상태에서 '즙'을 짜내야 한다는 것일까? 부드럽고 연한 줄기나 잎에서만 즙을 짜낼 수 있을 것이다. 그렇다면 개똥쑥의 약용 가능한 부분이나 수확시기에 문제가 있는 것은 아닐까?

여러 가지 가능성을 꼼꼼하게 체크한 투유유는 새로운 연구방안을 고안해냈다. 특히 일부 별도로 주목하고 있던 약물들에 대해서는 여러 가지 방안을 함께 적용했다. 개똥쑥의 경우에만 보더라도 온도를 60도로 통제하는 저온 추출과, 물, 알코올, 에틸에테르 등 다양한 용제를 이용한 추출, 개똥쑥의 줄기만 사용한 추출과 잎만 사용한 추출 등 다양한 방식을 적용시켰다.

黄花蒿

编   号: HC-5
采集地点: 怀化市鹤城区坨院办事
          处犀牛村
采集时间: 2011 年 7 月 29 日

중약재 개똥쑥은 국화과 식물인 개똥쑥(Artemisia annua L)에서 왔다.
위의 사진이 개똥쑥이다.

연구팀은 1971년 9월부터 새로운 연구 방안을 적용하기 시작했다. 기존에 선별해냈던 중점 약물들과 새로 추가된 수십 가지의 약물들을 가지고 밤을 새가면서 선별하고 연구에 몰두했다.

얼마나 많은 밤을 새었던가. 마침내 개똥쑥 에틸에테르 추출물이 효과가 특출하다는 것이 밝혀졌다. 서광이 밝아오기 시작한 것이다. 백여 번의 실패를 거듭해오던 연구팀은 사기가 한껏 고조되었다.

추출물 가운데 산성(酸性)을 띤 부분은 독성이 있을 뿐만 아니라 약효 또한 없는 반면, 중성(中性)을 띤 부분은 항말라리아 효과가 뛰어났다. 그동안 수많은 불면의 밤을 보내왔던 투유유는 이 중요한 발견으로 흥분해 있었다.

연구팀의 일원이었던 중위룽(钟裕蓉)은 아직도 생생히 기억하고 있다. 당시 그녀의 집은 연구소 내에 있었는데, 실험실까지는 도보로 2분 거리밖에 안 되었다. 매일 저녁밥을 먹고 나면 그녀는 지체 없이 연구소로 달려가서 다른 동료들과 함께 밤을 새워가면서 연구에 몰두했다.

1971년 10월 초도 투유유는 연구팀을 이끌고 실험실에서 연구에 몰두하고 있었다. 이미 190번의 실패를 막 겪고 난 터였다. 연구팀은 또 한 번 매뉴얼을 지키면서 연구를 진행했다.

10월 4일 긴장감이 역력한 한 쌍 또 한 쌍의 눈동자들이 191호 개똥쑥 에틸에테르 중성(中性) 추출물 샘플의 항말라리아 테스트 결과를 주시했다.

"말라리아 원충 억제율이 100%에 달했다!"

라고 하는 테스트 결과가 나오자 온 실험실은 흥분의 도가니에 빠져들었다.

그것은 검은색의 찐득찐득한 추출물이었는데 최종적인 순수 아르테미시닌과는 일정한 거리가 있었다. 하지만 최후의 보물고를 열 수 있는 열쇠를 이미 찾았다는 것은 확정적이었다.

자신의 몸으로 약물을 시험하다

임상연구를 진행하기 위해서는 개똥쑥 에틸에테르 추출물을 대량으로 마련하여 임상연구 전의 독성테스트 등 준비 작업을 해야만 했다.

짧은 기간 내에 대량의 개똥쑥 추출물을 마련하기에는 곤란한 점이 첩첩이 쌓여 있었다. '문화대혁명' 기간에는 관련 업무들이 모두 마비되었기에 협력하려는 제약공장을 찾을 수가 없었다.

그 어려웠던 나날들을 떠올리면서 투유유의 남편 리팅자오는 아내에 대한 안쓰러움을 숨기지 않았다.

"그 당시 아내의 머릿속에는 온통 개똥쑥에 대한 생각뿐이었지요. 집에 돌아오면 온 몸에는 알코올이나 에틸에테르와 같은 유기용제 냄새가 배어있었는데, 중독성 간염에 걸리기도 했지요."

투유유의 간염은 에틸에테르와 유기용제의 독성에서 비롯된 것이었다.

중위룽에 따르면, 당시 시간을 얻기 위하여 연구팀은 "원시적인 방법"을 동원하는 것을 마다하지 않았다. 일곱 개의 거대한 물독으로 실험실의 일상적인 실험 용기들을 대체했던 것이다. 연구소에서는 또 사람들을 추가로 투입하여 개똥쑥 에틸에테르 추출물 '양산'에 나섰다.

장팅량(姜廷良)은 아래와 같이 기억하고 있었다.

"에틸에테르와 같은 유기용제는 건강에 안 좋은 약물들이었지만, 당시의 연구 조건과 설비들은 열악하기 그지없었습니다. 실험실에는 방호시설이 없었고 기본적인 통풍시스템도 마련되어 있지 않았으며, 기껏해야 거즈마스크를 썼을 뿐이지요."

투유유(屠呦呦)　　　　니무윈(倪慕云)　　　　중위룽(钟裕蓉)

췌이수롄(崔淑莲)　　　　랑린푸(郎林福)　　　　류주푸(刘菊福)

아르테미시닌(artemisinin) 발견 당시 연구팀의 일부 주요 구성원들.

하루하루가 지나가면서 연구팀 성원들은 머리가 어지럽고 코피가 터지거나 피부 알러지와 같은 증상들이 나타나기 시작했다.

에틸에테르 중성추출물은 확보되었지만 임상시험을 거치기 전 단계에서 문제가 발생했던 것이다. 개별적인 동물테스트에서 독성작용으로 의심되는 사례들이 나온 것이었다. 반복적으로 테스트해봤지만 이러한 의심은 해소되지 않았다. 동물 자체의 문제인 것일까? 아니면 약물에서 기인된 것일까? 실험실 내에서 이 문제를 둘러싸고 격렬한 논쟁이 일었다. 연구팀은 개똥쑥은 독성이 강하지 않다는 고서의 기록과 동물테스트 결과 등을 들어 큰 문제가 되지 않는다는 의견이었다. 하지만 독물학이나 약리(藥理) 연구에 종사하는 동료들은 충분한 안전성이 확보되지 않으면 임상연구에 적용할 수 없다고 고집했다.

"당시 나는 정말 다급했지요. 말라리아는 특히 계절성을 많이 타는데, 임상시험을 할 수 있는 기한을 놓치면 또 1년을 기다려야 했거든요."

이렇게 말하는 투유유의 얼굴에는 그때의 급박했던 심정이 그대로 드러나고 있었다.

191호 개똥쑥 에틸에테르 중성추출물을 하루 빨리 임상에 적용하기 위하여, 투유유는 고서들에서 언급된 개똥쑥 사용법과 수차례의 동물테스트 결과를 종합적으로 분석하여, 자발적으로 약물테스트에 참여할 것이라는 보고서를 상부에 제출했다.

"저는 팀장이기에 우선적으로 제 몸에 약물을 테스트할 의무가 있습니다!"

당시 투유유의 결단에 사람들은 놀라워했다. 안경을 쓴 점잖은 강남여자에게서 이와 같은 담력과 기백이 있을 줄은 아무도 몰랐던 것이다.

"당시의 환경에서 이런 사업에 종사하는 것은 극히 어려운 일이었지요. 과학자들은 자기의 몸으로 테스트하기를 마다하지 않았는데 이는 일종의 헌신정신이었죠." 칭화대학 부교장 스이궁(施一公)의 말이다.

"그 시절에는 특히 이런 헌신정신을 필요로 했답니다." 장팅량(姜廷良)이 감개무량해 하면서 말했다.

투유유가 자발적으로 약물테스트에 지원하자 연구팀 성원들이 호응했다.

1972년 7월 투유유를 비롯한 3명의 연구원들이 함께 베이징 둥즈먼(東直門)병원에 입원했다. 기꺼이 '실험용 생쥐'가 되었던 것이다. 이들은 병원의 엄밀한 통제아래 한 주 동안의 약물테스트를 받았다. 그 결과 해당 추출물이 인체에 명확한 독성작용이 없음이 밝혀졌다. 추출물의 안전성을 확실하게 검증하기 위하여 연구팀은 중약연구소 내에서 투여량을 대폭 늘린 5차례의 인체실험을 추가로 진행했다. 그럼에도 결과적으로 피실험자들의 상태는 안정적이었다.

1972년 8월부터 10월까지 투유유는 직접 약을 가지고 하이난 창장지구에 찾아가서, 찌는 듯한 더위를 무릅쓰고 산을 넘고 강을 건너며 환자들을 찾아다녔다.

초기의 임상시험은 신중에 신중을 기해야 했다. 약물 투여량 역시 조금씩 투여하던 것으로부터 점차 늘려야 했다. 투유유는 자기가 약물을 복용했던 경험에 비추어 환자들을 투여량에 따라 3개 조로 나누었다. 환자의 선별은 면역력이 상대적으로 강한 현지인과 외지인을 구분했고, 삼일열(三日熱, 학질의 일종) 말라리아와 악성말라리아를 구분했다. 투유유는 투여량의 정확도를 기하기 위하여 직접 환자들에게 약물을 투여하고 환자 곁을 지키면서, 체온을 측정하고 약물 투여 뒤 말라리아 원충 감소량 등을 일일이 체크했다.

중위룽(钟裕蓉)과 중약연구소에 근무하는 남편 옌수창(严述常)이 자신들의 아이와 함께 찍은 사진. 옌수창은 투유유에 호응하여 자발적으로 약물테스트에 참여했다.

최종적으로 투유유는 하이난 지역에서 삼일열 말라리아 임상시험 11차례와 악성말라리아 임상시험 9차례, 혼합감염 1차례 등 모두 21차례의 임상시험을 완수했다. 임상시험 결과는 만족할만한 것이었다. 삼일열 말라리아는 평균 19시간 만에 열이 내렸고, 악성말라리아는 평균 36시간 만에 열이 내렸으며, 말라리아 원충 검사 역시 모두 음성으로 나타났다.

이 해에 베이징 302병원에서 진행한 9차례의 임상시험에서도 같은 효과를 보았다.

아르테미시닌(artemisinin)을 발견하다

일시적인 성공을 거두었다고 해서 투유유는 연구의 발걸음을 늦추지 않았다. 연구팀이 지체할지도 모른다는 걱정에 바로 개똥쑥 에틸에테르 추출물의 유효성분 순화(純化) 분리작업에 착수했다.

베이징산 개똥쑥에는 아르테미시닌 함량이 만분의 몇밖에 안 되었다. 이는 아르테미시닌 발견에 어려움을 더하는 객관적인 요소였다. 수확 계절과 낙후한 순화(純化)기술 역시 투유유가 아르테미시닌을 발견하는데 어려움을 가중시키는 요소들이었다.

1972년 4월 26일부터 6월 26일까지, 연구팀은 소량의 알갱이나 바늘 모양의 결정체를 추출해냈다. 매 번 분리 추출의 성과가 나올 때마다 연구실에는 환호성이 넘쳐흘렀다.

말라리아에 효과적인 성분을 하루빨리 추출해내기 위하여 모든 연구원들이 한마음으로 연구에 몰두했다.

自１９７１年７月以來，我们筛选了中草药草、复方等一百多种。发现青蒿（黄花蒿 Artemisia annua L. 係药科植物。按中医认为此药主治骨蒸烦热。但在唐、宋、元、明医籍、本草及民间都曾提到有治疟作用的乙醚提取物对鼠疟模型有９５％～１００％的抑制效价。以后进一步提取，去除其中无效而毒性又比较集中的酸性部分，得到有效的中性部分。１２月下旬，在鼠疟模型基础上，又用乙醚提取物与中性部分分别进行了猴疟实验。结果与鼠疟相同。

～１～

通过多方面的分析。我们挑选一部分药物，进一步复筛。复筛时参考民间用药经验，改进提取方法并增设多剂量组。探索药物剂量与效价的关系。经过反复实践，终於使青蒿的动物效价，由３０～４０％提高到９５％以上，青蒿的水煎剂是无效的。９５％乙醇提取物的效价也不好。只有３０～４０％左右。后来从本草及民间"绞汁"服用中得到启发，使我们考虑到有效成分可能在亲脂部分。于是改用乙醚提取。这样动物效价才有了显著的提高。经过比较发现乙醇提取物虽然也含有乙醚提取的物质，但是杂质多了 $\frac{2}{3}$ 左右，这就大大影响了有效成分充分显示应有的效价。另外药物的采收季节对效价也是有影响的，在这点上我们走过一点弯路。开始我们只注意品种问题，了解到北京市售青蒿都是北京近郊产的黄花蒿，不

～５～

1972년 난징(南京)회의에서 중의연구원 말라리아 예방팀이 제출한 일부 내용.

투유유가 개똥쑥 에틸에테르 추출물의 임상시험을 위해 하이난에 가 있는 동안, 니무윈(倪慕云)이 임시로 베이징 연구팀을 이끌었다. 폴리아미드를 이용해 순화(純化) 샘플을 얻은 기초위에서 연구팀은 1972년 9월 25일, 9월 29일, 10월 25일, 10월 30일, 11월 8일 등 일자에 관련 결정체를 분리 추출해냈다.

하이난의 말라리아 전염구역에서 막 돌아온 투유유도 연구에 뛰어들어 연구팀과 함께 토론하고, 이미 얻은 화학 단위체(單位體)들을 비교 분석했다. 연구팀은 발색반응, 크로마토그래피법 등 여러 감별기법으로 이미 얻어낸 성분들을 종합·분석하고 생쥐 실험에 적용하기 시작했다. 12월 초의 생쥐 실험에서 중위룽(钟裕蓉)이 11월 8일에 분리해낸 결정체가 뚜렷한 효과를 나타냈다. 생쥐 체중 1킬로그램 당 50밀리그램을 먹이자 말라리아 원충 테스트에서 음성으로 바뀌었다. 11월 8일은 훗날 연구팀이 인정한 아르테미시닌 탄생일이 되었다.

개똥쑥에서 추출한 단일화합물이 강력한 항말라리아 약성을 지니고 있음이 처음으로 확인된 것이다.

1973년 새해가 시작되자마자 투유유가 개똥쑥을 이용하여 항말라리아 약물을 개발해낸 소식이 삽시간에 퍼져나갔다. 중약연구소에서는 각지에서 온 편지와 방문객들이 끊이지 않았다. 투유유는 직접 회신하고 자료를 보내줬으며 방문객들을 접대하면서 개똥쑥과 개똥쑥 추출물 및 그 화학적 연구 진행 상황 등 연구 성과를 조금도 남김없이 개방했다. 곧바로 윈난(云南)·산둥(山东) 등 지역의 연구팀들도 투유유의 방법을 본떠 개똥쑥 연구에 매진하기 시작했다.

제④장
중국의 신약(神藥)

제4장
중국의 신약(神藥)

순조롭지 못한 첫 도전

실험실에서 실시한 대량 추출공정이 개선된 후, 투유유와 연구팀 성원들은 새로운 전투에 뛰어들었다. 실험실의 조건이 보잘 것 없기는 했지만 연구팀의 투지는 대단했다. 이러한 투지에 힘입어 연구팀은 1973년 초부터 1973년 5월까지 순수한 아르테미시닌 100여 그램을 확보하게 되었다. 투유유는 이미 확보한 아르테미시닌을 여러 몫으로 나누었다. 더러는 아르테미시닌의 화학적 연구에 사용했고, 더러는 임상시험 전의 안전성 테스트에 사용했으며, 또 일부는 임상시험용 약을 제조하는데 사용했고, 소량은 예비용으로 남겨두었다.

1973년 2분기에 아르테미시닌에 대한 일련의 안전성 테스트가 이루어졌다. 고양이를 상대로 한 테스트에서 아르테미시닌은 투여량에 관계없이 혈압이나 심장박동의 빈도·리듬과 심전도 등에 유의미한 영향을 끼치지 않았다. 개를 상대로 한 세 번의 독성테스트에서도 개별적인 개가 침을 흘리거나 구토·설사 등 증상을 보였을 뿐 기타 수치는 모두 정상적이었다. 유의미한 독성부작용은 나타나지 않은 것이다.

신중을 기하기 위하여 이번에도 건강한 사람을 상대로 한 인체 테스트를 진행했다. 약물 투여계획을 상세하게 세운 뒤, 1973년 7월 21일부터 8월 10일까지 4명의 연구팀 성원들을 상대로 테스트를 진행했는데 유의미한 독성 부작용이 나타나지 않았다.

아르테미시닌의 동물 및 인체에 대한 안전성 시험이 통과된 것은 새로운 항말라리아 약물이 곧 탄생하게 됨을 의미했다. 사람들은 모두 임상시험을 고대했다. 하지만 아르테미시닌의 임상시험은 어려움을 겪어야 했다.

아르테미시닌 정제(錠劑)가 하이난의 현장에 도착한 뒤, 이미 그 곳에서 근무하고 있던 침구연구소의 의사가 책임지고 임상시험을 진행하게 되었다.

1973년 8월 10일부터 10월 15일까지 외지인 감염환자 8명에 대해 임상시험을 진행했는데, 실제로는 두 단계로 나뉘어서 진행되었다.

9월 22일 전에 외지인 5명에 대한 임상시험을 진행했는데 1명만 호전되고 2명은 혈중 말라리아 원충 수량이 조금 감소했으나 환자의 심장박동 리듬에 이상이 생겨 복용을 중지했으며, 2명은 효과를 보지 못했다. 테스트 결과가 이상적이지 못했던 것이다.

이처럼 아르테미시닌의 첫 임상시험은 순조롭지 못했다.

二、１９７３年青蒿素Ⅱ疗效观察８例：
　　１９７３年９～１０月在海南昌江地区对外来人口间日疟及恶性疟疾八例进行了临床观察。其中：外来人口间日疟３例，服药总剂量３～３．５克，平均原虫转阴时间为１８．５小时，平均退热时间为３０小时，复查三周，２例治愈，１例有效（１８天原虫出现）。外来人口恶性疟５例，１例有效（原虫七万以上，片剂用药剂量４．５克，３７小时退热，６５小时原虫转阴，第六天后原虫复现），２例因心脏出现期前收缩而停药（其中一例症状好转，原虫三万以上，服药３克后３２小时退热，停药三天后原虫再现，体温再升高），２例无效。
　　三、１９７５年青蒿粗制剂、青蒿素Ⅱ、青蒿素Ⅱ加复方观加针剂治疗观察２０５例。
　　（一）青蒿粗制剂海南间日疟疗效观察１０３例。

상하이유기화학연구소에서 소장하고 있는 『개똥쑥연구사업좌담회 자료(靑蒿硏究工作座談会资料)』에 기재된 "1973년 아르테미시닌 치료효과 관찰 8례(1973年靑蒿素Ⅱ疗效观察8例)"의 내용.

　　이 소식이 전화로 베이징에 전해지자 여러 사람들은 의아해하였다. 여러 가지 의문들이 꼬리에 꼬리를 물고 투유유와 연구팀 성원들의 뇌리에서 떠나지 않았다. 연구팀은 원인 분석에 착수했다. 아르테미시닌의 순도에는 문제가 없었다. 동물테스트 데이터 역시 문제가 없었다. 그렇다면 약제의 형태에 문제가 있다는 말인가? 뒤이어 하이난에서 임상시험에 사용하다가 남은 정제(錠劑)가 다시 베이징에 보내졌다. 이내 연구팀은 정제가 사발로도 빻기 어려울 정도로 너무 딱딱하다는 것을 발견했다. 원래는 붕해도(崩解度)에 문제가 생겨 약물의 흡수를 방해했던 것이다.

　　투유유는 아르테미시닌 단량체 분말을 직접 캡슐에 넣기로 결정했다. 하이난의 말라리아지역에서 임상실험이 가능한 계절을 넘기기 전에 하루빨리 아르테미시닌의 임상효과를 테스트해야 했기 때문이다.

한시가 급한 투유유는 직접 아르테미시닌 분말을 캡슐에 담는 작업을 진행했다. 중약연구소 현임 부소장인 장궈전(章国镇)이 중임을 맡았다. 그는 곧바로 아르테미시닌 캡슐을 몸에 지니고 하이난으로 출발했다. 9월 29에 현장에 도착한 그는 즉시 삼일열 말라리아를 앓는 3명의 외지인을 상대로 임상실험에 착수했다. 약물의 총 복용량은 3~3.5그램이었다. 그 결과 복용 후 평균 31시간이 지나자 체온이 정상으로 돌아왔고, 18.5시간 만에 혈액 내 말라리아 원충 테스트가 음성으로 바뀌었다. 전부 효과를 보았고 유의미한 부작용이 발견되지 않았다. 하지만 말라리아 임상테스트에 적합한 시기가 이미 지나버렸기에 추가 테스트를 진행할 수는 없었다.

이는 아르테미시닌의 첫 임상시험이었는데, 투유유 팀이 확보한 아르테미시닌이 개똥쑥의 항말라리아 유효성분임이 검증되었던 것이다.

당시 '523'프로젝트 위원회에 제출된 아르테미시닌의 첫 임상시험 관찰보고서에서는 8명의 환자가 두 가지 다른 형태의 약제를 복용했음을 밝히지 않았으며, 8명의 환자에 대해 두 단계로 나누어 테스트를 진행한 것에 대해서도 밝히지 않았다. 따라서 훗날 이 보고서를 근거로 잘못된 판단을 내리는 사례도 생기게 되었던 것이다.

아르테미시닌의 첫 임상시험에는 좌절도 있었고 성공도 있었다. 결과적으로 아르테미시닌 캡슐의 3차례 임상실험 결과는 아르테미시닌의 임상효과와 실험실 효과는 일치함을 설명해 주었다.

관련 자료에 따르면, 1973년 4월에 연구팀은 이미 아르테미시닌은 질소를 함유하지 않은 화합물이며 분자량은 282이고 분자식은 $C_{15}H_{22}O_5$인 일종의 페놀릭 화합물이라는 것을 밝혀냈다. 이는 1973년 하반기에 하이난에서 임상으로 효능이 검증된 물질이 바로 아르테미시닌 임을 설명하고 있다.

1974년 4월 중의약연구소에서는 허난(河南)성 상추(商丘)에서 열린 "(말라리아예 방약물(화학성분)연구전업회의疟疾防治药物(化学合成)研究专业会议)"에 과학교육처(科教处)의 천메이(陈玫)를 파견하여 아르테미시닌과 다이하이드로알테미시닌(dihydroartemisinin)의 연구정황을 보고하도록 했다. 이는 아르테미시닌이 처음으로 내부 전문회의에서 공개된 것이다.

중약연구소는 일찍이 중국과학원 상하이유기화학연구소와 합작하여 아르테미시닌의 구조를 연구했었다. 후에는 또 중국과학원 생물물리연구소(生物物理研究所)와 합작하여 X선 회절법을 이용하여 아르테미시닌의 구조도 연구하였다. 1975년 말에 X선 회절법으로 아르테미시닌의 삼위입체 구조를 확정하게 되며, 1977년에 아르테미시닌의 구조가 처음으로 공개되었다.

1976년 2월과 1977년 2월, 두 번의 신청을 거쳐, 보건부에서는 "아르테미시닌 결과 연구 협력팀(青蒿素结构研究协作组)"의 명의로 『과학통보(科学通报)』에 관련 연구 성과를 공개 발표하도록 허락했다. 그 후로 투유유네 연구팀은 『화학학보(化学学报)』·『중약통보(中药通报)』·『약학학보(药学学报)』·『Planta Medica』·『Nature Medicine』 등에 아르테미시닌 연구 성과를 소개했다.

黄花蒿

青蒿素

아르테미시닌 발견 과정 설명도.

투유유네 연구팀이 발표한 논문.

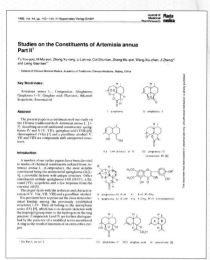

투유유와 연구팀은 『Planta Medica』・『Nature Medicine』 등 학술지에 아르테미시닌의 화학적 성분 연구와 그 발견 과정 등에 대해 소개했다.

코텍신(cotecxin)

1995년 케냐의 한 임신부가 말라리아에 걸렸다. 만약 전통적인 치료제인 퀴닌(quinine)이나 클로로퀸(chloroquine)으로 치료하면 산모는 살릴 수 있지만 태아는 쉽게 유산되거나 기형이 될 가능성이 아주 현저히 높아진다. 하지만 중국의 아르테미시닌 성분 치료약물인 코텍신(cotecxin)을 복용한 뒤 기적이 발생했다. 엄마가 무사했을 뿐만 아니라 아기도 건강하게 태어난 것이다! 엄마는 연신 아기의 볼에 입을 맞추며 아기의 이름을 코텍신이라고 지었다. 자신과 아기의 목숨을 구한 중국산 약을 영원히 잊지 않기 위해서였다.

코텍신의 탄생은 1973년 9월 하순에 투유유가 진행했던 아르테미시닌 유도체 실험에서 비롯된 것이었다.

아르테미시닌의 발견은 중의연구원과 중약연구소의 높은 중시를 받았으며, 인력 물력 등 여러 방면의 큰 지원을 획득할 수 있었다. 전면적으로 연구 사업을 주관하게 된 투유유는 아르테미시닌을 대량으로 추출하여 임상시험을 준비하는 한편 사업의 중점을 아르테미시닌의 화학적 연구에 두었다.

1973년 9월 하순, 투유유는 아르테미시닌 유도체 실험에서 아르테미시닌이 수소화붕소나트륨 환원을 통해 카르보닐기가 소실되는 것을 발견했다. 이는 아르테미시닌에 카르보닐기가 존재하고 있으며, 또 이로써 아르테미시닌 구조 속에 히드록실기를 끌어들인다는 사실을 증명하는 것이었다.

연구팀 동료들의 반복적인 중복 실험에서도 같은 결과가 나왔다. 이 유도체가 바로 다이하이드로알테미시닌인데, 그 분자식은 $C_{15}H_{24}O_5$이고 분자량은 284이다.

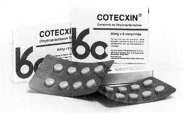

국내외에서 판매되고 있는 아르테미시닌 항말라리아 약물 코텍신(cotecxin).

　연구팀의 구성원 니무원은 유도체 환원에서 아세틸기를 집어넣었는데, 생쥐 실험에서 이 아세틸화 산물의 항말라리아 효과가 더 뛰어나다는 사실을 입증하였다. 이는 아르테미시닌 분자가 히드록실기를 끌어들인 뒤 다양한 유도체를 얻어낼 수 있다는 것을 설명해 주는 것인데, 추후 구조활성 상관관계의 연구에 조건을 제공해 주었다.

1977년 각 지역의 '523'프로젝트 책임자들이 기념촬영을 했다. 두 번 째 줄 왼쪽 일곱 번째가 투유유이다.

　　1975년 연구팀은 아르테미시닌의 여러 유도체들의 구조활성 상관관
계에 대한 연구를 진행하여 아르테미시닌 속의 과산화가 항말라리아
활성기 임을 밝혀냈다.

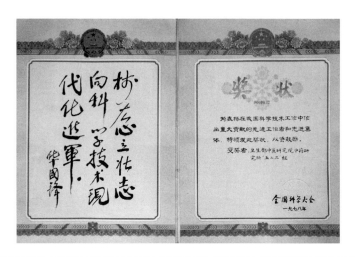

1978년의 전국 과학기술대회에서 보건부 중의연구원 중약연구소의 '523'팀이 전국 모범일군(先進工作者)상과 모범단체상(先進集体)을 받았다.

1979년 9월, 항말라리아 신약 아르테미시닌이 국가 과학기술 2등상을 받았다.

과산화기를 보류한 전제하에서 락톤환(lactone ring)의 카르보닐기를 히드록실기(즉, 다이하이드로알테미시닌(dihydroartemisinin)임)로 환원하자 그 약효가 현저하게 제고되었다. 또 히드록실기에 어떠한 곁사슬을 추가하자 약 효과가 더욱 제고되었다.

이는 아르테미시닌의 구조를 부분적으로 변화시킴으로써 그 물리화학적 성질을 변환시킬 수 있으며, 나아가서 항말라리아 효과를 극대화할 수 있음을 보여주는 것이었다. 이와 관련된 연구 성과는 이미 '523' 프로젝트 위원회에 보고되었었다. 다이하이드로알테미시닌은 기본적으로 아르테미시닌을 능가하는 강력한 항말라리아 효과가 있을 뿐만 아니라, 아르테미시닌 종류의 약물을 합성하는 전제이기도 했다.

아르테미시닌 종류의 기타 항말라리아 약물들은 모두 다이하이드로알테미시닌을 기초로 하고 있다. 이를테면 아르테수네이트(artesunate)이나 아르테메터(artemether) 등이 그것이다. 따라서 다이하이드로알테미시닌의 발견은 투유유와 연구팀의 또 하나의 중요한 공헌이라고 할 수 있는 것이다.

The 4Th Meeting of The SWG-Chemal 'Qinghaosu' Beijing·China october·1981

1981년, 세계보건기구 세계은행 유엔개발계획 등이 베이징에서 연합으로 "말라리아 화학 치료 프로젝트팀 제4차 세미나(疟疾化疗科学工作组第四次会议)"를 열었는데 개똥쑥과 그 임상응용에 관한 일련의 보고가 강렬한 반향을 일으켰다. 이는 아르테미시닌이 국제적인 중시를 불러일으키게 된 중요한 국제학술교류였다. 투유유(두 번째 줄 왼쪽 네 번째)는 이 번 세미나에서 "아르테미시닌의 화학적 연구"라는 논문을 발표했는데, 세미나가 끝난 뒤 이 논문은 『중의잡지(中医杂志)』에 실렸다.

1981년 10월 베이징에서 열린 국제세미나에서 투유유가 발표한 "아 르테미시닌의 화학적 연구"라는 논문은 세계보건기구 전문가들의 엄 청난 흥미를 유발시켰다. 전문가들은 "이 새로운 발견의 중요한 의의 는 새로운 항말라리아 약물을 설계하고 합성하는 방향을 밝혀줬다"고 극찬했다.

1982년 10월, 전국과학기술표창대회(全国科学技术奖励大会)에서 투유유(앞줄 왼쪽 첫 번째)는 항말라리아 신약(아르테미시닌) 발명기구의 제1발명인 신분으로, 또한 이 발명프로젝트의 유일한 대표 신분으로 발명증서와 발명상을 받았다.(원문 98쪽)

1985년 중의연구원 중약연구소 동료들과 남긴 기념사진. 앞줄 왼쪽 세 번째가 투유유이고 네 번째가 현임 소장 장팅량(姜廷良)이다.

구조활성 상관관계의 연구 결과는 투유유로 하여금 더욱 탐구하게 하였으며, 다이하이드로알테미시닌이 한 걸음 더 나아가 연구할 가치가 있음을 인지하게 했다.

그리하여 1985년에 아르테미시닌의 '신약증서(新药证书)' 신청이 마무리될 무렵에, 그녀의 주도아래 투유유가 총책임자가 되어 약학에 관한 사업을 주관하고, 푸항위(富杭育)가 약리 등 실험연구를 맡은 프로젝트가 가동되었다. 신약의 심사 비준 요구에 따른 항말라리아 신약, 다이하이드로알테미시닌와 관련 정제(錠劑)의 연구 개발이 시작된 것이다. 일찍 1973년에 발견된 다이하이드로알테미시닌은 7년이라는 고생 끝에, 1992년에 마침내 '신약증서(新药证书)'를 획득하고 본격적인 생산으로 연결되었다.

이는 투유유가 중국과 세계를 위해 이뤄낸 또 하나의 중요한 공헌이었다. 그 해에 그녀가 주관한 "다이하이드로알테미시닌과 관련한 정제(錠劑)" 프로젝트는 전국 10대 과학기술성과상을 획득했다. 이로써 투유유는 중의연구원에 의해 종신연구원(终身研究员) 자격을 획득하게 되었는데, 그녀는 중국중의과학원(中国中医科学院) 사상 첫 종신연구원이 되었던 것이다.

1986년 10월 3일, 보건부에서 발급한 아르테미시닌 '신약증서(新药证书)'.
1992년 7월 20일 보건부에서 발급한 다이하이드로알테미시닌 '신약증서(新药证书)'.

1992년 12월, "다이하이드로알테미시닌 관련 정제(錠劑)"가 전국 10대 과학기술성과상을 획득했다.

　　다이하이드로알테미시닌의 임상 효과가 10배로 제고되었기에 약물 투여량이 적어졌고 재발율은 1.95%로 낮아졌다. 이로써 아르테미시닌 관련 약물의 "효과가 좋고, 효력이 빠르며 부작용이 적은" 특징을 한 걸음 더 나아가 실현해 내게 되었다. 아프리카 여자아이의 이름인 '코텍신'이 바로 다이하이드로알테미시닌이 제약회사에서 양산된 뒤 지어진 상품명이다. '코텍신'은 오랜 시간동안 각종 말라리아의 치료에 광범위하게 사용되었다. 심지어는 중국 지도자들이 아프리카를 방문할 때 필히 갖고 가는 선물이 되었는데, 아프리카 지역에서는 '중국신약(神药)'으로 불리고 있다.

세계보건기구의 통계에 따르면 세계적으로 20여 억 인구가 말라리아 위험지역인 아프리카·동남아·남아시아·남아메리카 등지에 살고 있다. 2000년부터 사하라사막 이남의 아프리카 지역에서 2.4억 명의 인구가 아르테미시닌 관련 요법의 혜택을 입었는데, 150만 여명의 사람들이 이 요법으로 말라리아를 물리치고 죽음에서 벗어났다.

현재 약효를 더욱 제고시키기 위해 중국의 과학자들은 또 아르테수네이트(artesunate)나 아르테메터(artemether) 등 신약들을 개발해냈다. 이 가운데 아르테수네이트(artesunate) 주사제는 전면적으로 퀴닌(quinine) 주사제를 대체했고, 세계보건기구에서 추천하는 중증 말라리아의 우선적인 치료약물이 되었으며, 전 세계적으로 30여개 국가에서 700만여 명의 중증 말라리아환자들의 생명을 구했는데, 이들은 대체로 5세 미만의 아동들이었다.

오래된 "중국의 작은 풀"이 세계적인 찬사를 쏟아내는 에너지를 발산하게 되었던 것이다.

온 나라가 협력하여 만들어낸 기적

2011년에 "의학계의 노벨상"이라고 불리는 래스커상(Lasker Award) 수상자로 투유유가 선정된데 대해 평심위원들은 세 가지 '처음'을 그 근거로 들었다. 처음으로 아르테미시닌을 '523'프로젝트에 가져왔으며, 처음으로 100% 억제율을 가진 아르테미시닌을 추출해냈으며, 처음으로 임상실험을 실시했다는 것이다.

수상 한 뒤, 뛸 듯이 기뻐하는 여느 사람들과 달리 투유유는 자못 차분했다. 그녀는 여러 번이나 "이는 나 한 사람의 영예가 아니라 전체 중국 과학자들의 영예지요!"라고 말했다.

이는 결코 인사치레로 한 말이 아니었다. 온 나라가 협력하여 만들어낸 기적인 아르테미시닌을 연구 개발하는 과정에서 이러한 점은 여러 번 증명되었기 때문이었다. 아르테미시닌의 연구개발이 성공한 데에는 투유유를 비롯한 여러 과학연구자들의 피땀이 깃들어 있었으며, 또한 전국적으로 혼연일체가 된 협력을 빼놓을 수 없었던 것이다.

아르테미시닌 감정서에는 아래와 같은 기록이 있다.

"1972년 이래 전국의 10개 성과 자치구·직할시에서 개똥쑥 제제(製劑)와 아르테 미시닌 제제(製劑)로 하이난, 윈난(云南), 쓰촨(四川), 산둥(山東), 허난(河南), 장쑤 (江苏), 후베이(湖北)와 동남아 등 악성 말라리아와 삼일열 말라리아 유행지역에서 6,555차례의 임상시험을 진행했는데, 이 가운데 아르테미시닌 제제(製劑)로 치료한 사례는 2,099차례에 달했다."

새로운 약물의 연구개발은 프로젝트 설정에서부터 기술적 수단의 확립까지, 관련 약재 선정에서부터 화합물 추출까지, 약리분석과 독성분석으로부터 임상시험에 이르기까지 오랜 시간과 노력을 필요로 한다. 이처럼 방대한 프로젝트는 오늘날에 이르러서도 여러 방면의 협력이 없이는 이뤄내기 어려운 것임을 잘 보여주는 기록인 것이다.

2013년 6월 19일, 루이스 밀러(왼쪽 두 번째)가 중국 중의연구원 중약연구소를 방문하였다. 오른쪽 두 번째가 투유유이고 왼쪽 첫 번째가 천스린(陈士林) 소장이다.

루이스 밀러가 '523'프로젝트팀의 중요한 연구자들과 기념사진을 찍었다. 앞줄 왼쪽 세 번째가 투유유, 앞줄 오른쪽 세 번째가 장젠팡(张剑芳), 앞줄 오른쪽 첫 번째가 리궈차오(李国桥), 뒷줄 오른쪽 첫 번째가 뤄쩌위안(罗泽渊), 뒷줄 오른쪽 두 번째가 스린룽(施凛荣).

중국 중의과학원 원장이며, 중국 공정원(工程院) 회원인 장보리(张伯礼)가 투유유와 함께 아르테미시닌을 한 걸음 더 나아가 연구하기 위해 토론 하고 있다.

2010년부터 미국 국립과학아카데미 회원, 루이스 밀러는 줄곧 래스커상과 노벨상 평심위원회에 투유유와 그녀가 발견한 아르테미시닌을 추천해왔다. 그는 공개석상에서 다음과 같이 말했다.

"투유유가 처음으로 개똥쑥 추출물이 말라리아 치료에 효과가 있음을 발견한 후부터, 아르테미시닌의 발명은 바통에 바통을 이어받으며 매진하는 과정이었다."

중국 중의과학원 원장이며, 중국 공정원(工程院) 회원인 장보리(张伯礼)는 다음과 같이 말했다.

"아르테미시닌은 수십 개의 과학연구기구와 수백 명의 과학자들이 공동으로 분투하여 얻어낸 결과물이다. 전국적으로 협력하는 체제는 당시의 어려운 조건하에서 엄청난 작용을 발휘했는데, 이러한 협력정신의 위대한 빛은 영원히 빛날 것이다!"

아르테미시닌의 연구 여정과 성과에서 보여지는 것처럼 항말라리아 약물 개발을 위한 '523'프로젝트는 '문화대혁명'이라는 특정한 역사시기에서 전국적으로 광범위한 과학기술 역량이 동원되고 협력을 바탕으로 한 과학연구 프로젝트이다. 1967년에 프로젝트가 가동된 후, 60여 개의 과학연구기구와 500여 명의 과학연구원들이 이 프로젝트에 뛰어들었다. 1978년 11월 28일 양저우(揚州)에서 열린 아르테미시닌 감정회의에서만 봐도, 주요 연구기구가 6개에 달하고 주요 협력기구가 39개에 달했으며, 감정회의에 참여한 과학기술인원은 100명이 훨씬 넘었다.

신약 하나를 개발하는데 정말로 그렇게 많은 연구기구와 인력이 필요한 것일까?

정말로 그렇다!

이를테면 아르테미시닌의 입체구조를 확정하는 과정만 봐도, 40여

년 전에 국립연구소인 중의연구원 중약연구소에는 이와 관련된 기본적인 설비마저 없었다.

상하이유기화학연구소는 당시 전국적으로 화학연구를 할 수 있는 조건이 가장 좋은 연구소였음에도, 중약연구소와 손잡고 아르테미시닌의 화학구조를 파악하기 위해 2년 넘게 노력했지만 끝내 결과를 얻지 못했다. 결국 중국과학원 생물물리연구소까지 가세해서 더욱 선진적인 X선 회절법을 적용해서야 겨우 밝혀낼 수 있었다.

전국적인 협력을 위한 조직·조율 기구인 '523'프로젝트 위원회에서는 아르테미시닌을 발견하는 과정에서 아낌없는 지원을 해주었다. 이를테면 중약연구소에서 개똥쑥 에틸에테르 추출물이 생쥐와 원숭이를 대상으로 한 말라리아원충 억제율이 100%라는 것을 밝혀냈을 때, 곧바로 그 해에 임상시험을 진행할 수 있도록 배려해줬으며, 또 중약연구소에서 아르테미신 단량체를 분리·추출해냈을 때에도 하루 속히 임상시험을 할 수 있도록 여러모로 지원을 아끼지 않았던 것이다.

뤄쩌위안(罗泽渊)은 전 윈난(雲南)약물연구소 연구원인데. 아르테미시닌을 연구하는데 큰 기여를 했다.

1974년 10월 10일부터 17일까지 베이징에서 열린 각 지역 책임자 좌담회에서, '523'프로젝트 위원회는 또 "아르테미시닌의 연구사업은 중의연구원에서 윈난 산둥 등 지역의 관련 연구 인력을 조직하고 토론 교류하고 조율하여 한 걸음 더 나아가 연구하도록 한다"라는 지침을 내렸다. 1974년 2월 5일, 전국말라리아예방연구지도소조(全国疟疾防治研究领导小组)는 '523'프로젝트 위원회 지역책임자 좌담회 관련 브리핑에서 개똥쑥의 항말라리아 연구경험에 대해 적극적으로 교류할 것을 제기했다.

중의연구원에서는 이 지침에 따라 1974년 2월 28일부터 3월 1일까지 "아르테미시닌 전문좌담회"를 개최하였는데, 산둥중의약연구소(山東中医药研究所)와 산둥기생충방역연구소(山東寄生虫防治所), 윈난약물연구소(云南药物研究所)와 베이징중약연구소의 과학기술연구원들이 참여했다.

회의에서는 3년 동안에 걸친 개똥쑥 관련 연구정황을 교류하였으며, 협력을 강화하고 중복연구를 피하고 연구 속도를 제고시키기 위해 각 연구소별로 연구임무를 나눠서 분담했다. 중약연구소에서는 회의에 참여한 연구원들을 요청하여 아르테미시닌 연구 관련 실험실들을 참관하게 하고 상세한 해설을 해주었는데, 이로써 전국적인 협력의 서막이 열리게 되었다.

광저우중의약대학(广州中医药大学) 수석교수인 리궈차오(李国桥)(오른쪽)는 일찍 아르테미시닌의 임상실험에서 뛰어난 기여를 했다.

1년 뒤의 청두(成都)회의에는 전국적으로 7개 성 직할시의 관련 기구들이 참여했는데, 창하오 연구를 위한 '총력전'에 대해 구체적인 배치를 함으로써 전국적으로 협력하는 분위기를 고조시켰다.

전(前) '523'프로젝트 위원회 부주임 장젠팡(張劍方)은 다음과 같이 말했다.

"아르테미시닌 개발이 성공을 이룬 것은 우리나라 과학기술연구원들의 집체적인 영예라고 해야 할 것이다. 여섯 개의 연구기구들에서 각자 나름대로의 연구를 했다. 전통의약을 기초로 해서 현대적인 기술수단으로 새로운 약물을 개발해냈는데, 발명증서에 밝혀진 여섯 개의 연구기구 중 어느 하나도 당시의 인력이나 설비, 자금이나 이론지식 기술을 가지고 독자적으로 완성한다는 것은 불가능한 일이었다."

'523'프로젝트에 참여했었던 중국과학원 회원 저우웨이산(周維善)은 감개무량해 하면서 말했다.

"아르테미시닌 계열의 약물 개발은 아주 복잡한 종합 프로젝트이다. 수많은 연구원들이 참여했었는데, 결코 어느 특정된 기구나 개인이 도맡아 하거나 독차지할 수 있는 것이 아니다."

'523'프로젝트에서도 말라리아 유행지역 현장의 연구 사업은 간과할 수 없는 중요한 부분이었다. 현장사업의 주요임무는 전염병학 조사, 위험환자 구급과 약물의 임상실험과 관찰 등이었다. 말라리아 유행지역은 거의가 오지여서 자연조건이나 생활환경이 아주 열악했다. 이런 곳에서 수개월 동안의 연구를 위해서 수많은 위험과 고생을 감수하고 어려움을 극복해내야만 했다. 이를테면 1960년대 말에 상하이에서 40명으로 구성된 현장 연구팀을 하이난에 파견하였는데 당시 하이난의 조건은 매우 열악했다. 사업을 진행하기 위해서는 산을 넘고 강을 건너는 일을 밥 먹듯 해야 했는데, 연구자들은 "생활의 난관(生活关)", "산을 넘는 난관(爬山关)", "뱀을 물 리치는 난관(怕蛇关)" 등 세 가지 관문을 넘어야만 했다.

연구원들이 윈난 말라리아 유행지역에서 항말라리아 신약의 치료효과를 관찰하고 있다.

당시의 어려운 생활환경을 잘 보여주는 실례가 하나 있다. 어느 한 팀원이 그 지역 한 농민의 집에서 기숙하면서 숙식을 함께 했었는데, 어느 날 밥을 먹는데 밥 속에서 조그마한 죽은 개구리 한 마리가 나왔다. 그러나 당시의 특수한 정치형세 하에서 농민들의 어려운 생활 형편을 알고 있는 이 팀원은 이들을 격려해 주기 위해 개구리를 억지로 먹어버렸다. 이러한 현장 사업은 지금으로서는 상상조차 하기 어려운 일이었다.

그 시절의 과학연구 사업은 줄곧 '헌신정신'을 강조해왔는데, 다양한 분야에서 이런 '헌신정신'을 찾아볼 수 있었다. '523'프로젝트 위원회는 학질모기의 사양과 번식 연구를 상하이의 연구기구에 맡겼는데, 그 당시 국제적으로 학질모기의 교배와 번식 연구는 모두 항온항습장치가 마련된 타원형의 사육실과 같은 비교적 수준 높은 과학연구 환경조건이 필요했다. 하지만 국내의 연구조건은 너무나도 열악했다. 연구자들은 찌는 듯이 무덥고 비좁은 사육실에서 작업해야만 했다. 심지어는 자기의 두 손을 모기에게 내주어 피를 빨리는 일이 비일비재했는데, 이러한 노력 덕에 실험용 모기를 배양해낼 수 있었던 것이다. 당시 상하이 제2제약공장에서 일종의 방충제를 개발할 때, 모의시뮬레이션이 필요했는데, 26명의 해방군 전사들이 자발적으로 지원자로 나섰다. 두 발목과 총신에 방충제를 매단 이들은 저녁시간대에 모기가 기승을 부리는 습지대 풀밭에 엎드려 모기에게 몸을 내맡겼다. 모기에게 물린 횟수를 통계하여 방충제의 효과를 검증하기 위해서였다.

'523'프로젝트의 또 하나의 중요한 특점은 바로 '협력'이었다. 여러 지역의 같은 업종의 연구팀들은 신속하고 빈번하게 교류했다. 상하이가 주축이 되었던 "말라리아 면역 연구팀"만 봐도 그러했다. 각 지역의 연구팀들은 각자의 계획이나 종합보고 브리핑 따위를 남김없이 공유했으며, 서로의 연구에 대해 좋은 건의를 아끼지 않았고, 상호 협력하면서 구체적인 연구에서 서로의 역할을 분담하기도 했다.

이러한 협력에 힘입어 빠른 시간 내에 말라리아 면역 연구에 관한 내부교류 전집(專集)을 펴낼 수 있게 되었던 것이다. 이렇게 상호 협력하는 방식은 이내 '523'프로젝트 위원회의 인정을 받았고, 전국적인 범위의 협력으로 연결되었다. '523'프로젝트라는 당시의 특수한 체제에서, 수많은 과학연구 성과들이 남김없이 전국의 동업자들에게 전해지고 소개되어 참고하고 벤치마킹할 수 있게 되었던 것이다.

1960, 70년대에 과학연구를 위한 환경은 그야말로 열악함 그 자체였다. 상호 협력 하에서 묵묵히 헌신했던 수많은 연구자들이 학술논문에 자기의 이름을 한 번도 올리지 못하는 일이 수두룩했다. 그들을 연구에 매진하게 했던 집념과 열정은 바로 "나라에서 필요한 일이다"라는 하나의 소박한 생각에서 비롯되었던 것이다.

우리가 이름을 알고 있거나 혹은 모르는 사람들, "꽃처럼 향기롭지도, 나무처럼 높이 자라지도 못하는(没有花香, 没有树高)" 작은 풀들, 그들의 헌신적인 기여는 역사에 의해 기록되어야 할 것이다.

개똥쑥이 세상을 구제하다

말라리아는 에이즈와 암과 함께 세계보건기구에 의해 세계적으로 사망률이 가장 높은 질병으로 분류된 전염병이다.

아르테미시닌이 개발되어 보급되기 전까지 전 세계적으로 매년 4억여 명의 사람들이 말라리아에 감염되었고, 적어도 100만 명이 이로 인해서 목숨을 잃었다. 감염자와 사망자는 주로 사하라사막 이남의 아프리카지구에 집중되었는데, 대다수 사람들이 사망하게 된 원인은 엄청난 가격의 전통적인 항말라리아 약물을 구입할 수 없었기 때문이었다.

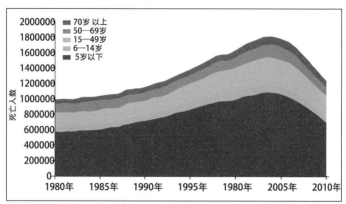

资料来源 : Christopher J L Murray,et al. Global malaria mortality between 1980 and 2010: a systematic analysis,*Lancet 2012*, 379: 413—431.

1980년부터 2010년까지 전 세계적으로, 말라리아로 인한 사망자수 통계(연령 분포).

아르테미시닌은 그야말로 "생명을 구하는 약"이었다.

전문가들에 따르면 아르테미시닌의 남다른 점은, 항클로로퀸 말라리아 원충으로 인한 감염을 치료할 수 있을 뿐만 아니라, 기타 여러 약물에 내성을 보이는 말라리아도 치료할 수 있으며, 수십 년 동안 줄곧 높은 치료율을 유지하고 있다는 것이다. 이는 항말라리아 약물 중에서 가히 독보적이라 할 수 있는 것이다.

더욱 경이로운 점은, 말라리아 특효약으로 불리던 클로로퀸에 내성을 보이는 항클로로퀸 말라리아 원충이 창궐하여 뾰족한 수가 없던 상황에서, 아르테미시닌이 단비처럼 갑자기 나타나서 위기상황을 타개했다는 것이다. 이보다 더 경이로운 일이 어디 있을 것인가!

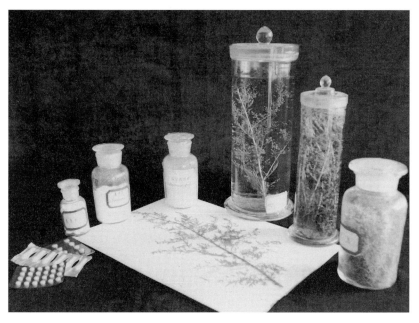

오른쪽으로부터 차례로 개똥쑥 표본, 아르테미시닌, 아르테미시닌 관련 제품 샘플.

 이론적으로 보면 어떠한 약물이든 장기적인 사용과정에서 잘못된 복용으로 인해, 민감성 저하나 내성의 제고, 점진적인 약효 상실 등의 과정을 거치게 된다. 따라서 세계보건기구에서는 말라리아에 대해 아르테미시닌이라는 단일약품으로만 치료하지 말고, 아르테미시닌을 기초로 한 복합치료방식을 권장하고 있다. 즉 말라리아 즉효약인 다이하이드로알테미시닌이나 아르테수네이트(artesunate)·아르테메터(artemether)와 효력이 오래 유지되는 항말라리아 약물들인 클로로퀸이나 매플로퀸(Mefloquine)·벤플루메톨(benflumetol)을 배합하여 복합적으로 사용하도록 한 것이다.

왜 말라리아 원충은 아르테미시닌에 대해 쉽게 내성이 생기지 않는 것일까? 그 비밀은 아르테미시닌 분자 속에 특유한 "과산화물 브리지(peroxide bridge)"에 있다. 이 과산화물 브리지가 바로 아르테미시닌이 말라리아 원충을 박멸하는 중요한 요소인 것이다.

아르테미시닌은 그 작용이 신속하기에, 말라리아원충이 체내에서 항산화효소(antioxidant enzyme)나 항산화제(Antioxidants)를 유도할 겨를이 없게 된다. 또한 적혈구는 원래부터 세포핵을 갖고 있지 않으며 염색체와 게놈이 없기에 항산화효소의 유전자 발현(gene expression) 역시 불가능하다. 때문에 적혈구와 적혈구에 기생하는 말라리아 원충은 충분한 항산화 활성물질의 보호를 받을 수 없게 되고, 따라서 아르테미시닌의 맹렬한 공격을 방어할 수 없게 되며, 일단 맞닥뜨리게 되면 전멸할 수밖에 없는 것이다.

지금에 이르러 아르테미시닌을 위주로 하는 복합치료법은 이미 세계보건기구에서 추천하는 항말라리아 표준 치료법으로 자리매김했다. 세계보건기구에 따르면, 아르테미시닌 복합치료법은 말라리아를 치료하는 가장 효과적인 방법이며, 말라리아 원충의 내성을 저지하는 가장 좋은 약물이다. 중국은 항말라리아 약물 아르테미시닌을 개발한 국가일 뿐만 아니라 아르테미시닌 최대 생산국으로서, 세계적인 항말라리아 여정에서 중요한 작용을 발휘하고 있다.

말라리아 유행지역인 아프리카에서 아르테미시닌은 이미 백만 명이 넘는 사람들의 목숨을 구했다. 세계보건기구의 통계수치에 따르면 2000년부터 사하라사막 이남의 아프리카 지역에서 2.4억 명의 인구가 아르테미시닌 복합치료요법의 혜택을 받았고 150여 만 명의 사람들이 이 복합치료 요법으로 말라리아를 물리치고 목숨을 건질 수 있었다.

짐바브웨 보건부 항말라리아 프로젝트 관련 책임자인 모벨리나쿠스(姆贝里库纳什)에 따르면, 짐바브웨 보건부에서 2010년부터 2013년까지 진행했던 추적조사 결과, 아르테미시닌 관련 약물을 복용한 말라리아 환자 치료율은 97%에 달했다고 한다. 짐바브웨는 2008년부터 아르테미시닌을 위주로 하는 복합치료 요법을 보급했었다. 2000년대 초에 짐바브웨의 말라리아 감염율은 15%에 달했었는데, 2013년에 이르러 이 비율은 2.2%로 떨어졌다. 아르테미시닌 계열 항말라리아 약물의 보급이 중요한 작용을 했음은 말할 필요도 없다.

남아공의 나탈(Natal)주에서만도 중국의 아르테메터 복합치료제로 인해 말라리아 감염률은 78%, 사망률은 88%로 감소되었다. 서아프리카의 나라 베냉 사람들은 중국의료팀이 갖고 온 이 효과가 좋고 가격이 싼 중국의 신약을 "먼 동방에서 온 신약(神药)"이라고 불렀다.

세계보건기구 아프리카지역 사무책임자 토히디 모티(特希迪·莫蒂)는 아르테미시닌의 발견은 세계적으로 사람들의 건강복지에 지대한 변화를 주었다고 하면서 다음과 같이 말했다.

"말라리아는 아프리카 사람들, 특히 아프리카 아동들의 건강과 생명을 앗아가는 치명적인 킬러였다. 여러 해 동안 아르테미시닌은 수많은 아프리카 사람들의 목숨을 구했는데, 아프리카에 대한 유엔의 천년발전목표의 실현에 중요한 역할을 했다."

2002년 10월, 투유유는 중국과 세계보건기구가 연합으로 개최한 "중국-아프리카 전통의학 발전과 합작포럼"에 초청되어 "아르테미시닌-토종 항말라리아의 중요한 성과(青蒿素—传统 抗疟重要的结晶)"라는 논문을 발표했다.

라이베리아 보건부장 버니게 단은 아래와 같이 말했다.

"우리나라에서 말라리아는 국민들의 건강을 해치는 주요한 질병이다. 중국정부에서 여러 번이나 우리에게 무상으로 의료 원조를 해주어, 우리가 말라리아를 연구하고 예방할 수 있도록 했다. 사람들은 이에 대해 감사해 하고 있다."

그 전까지만 해도 라이베리아에서는 줄곧 퀴닌과 같은 기타 약물로 말라리아에 대처했는데, 모두 부작용이 심했었다. 그런데 아르테미시닌으로 대체한 후로는 부작용을 걱정하지 않아도 되었다.

아프리카의 어느 어머니가 말라리아에 감염된 아기를 안고 병원의 침대에 걸터앉아있다.

세네갈의 보건부장 아와·세코(阿娃·塞克)는 일찍부터 일선에서 말라리아를 치료하면서 아르테미시닌의 효력을 직접 체험했다고 한다. 그녀에 따르면 아르테미시닌의 개발은 말라리아로 골머리를 앓던 모든 아프리카 국가들에게 희망을 주었다는 것이다.

니제르의 보건부장 알제마·달리(阿尔祖玛·达里)는 다음과 같이 말했다. "우리나라는 매 년 말라리아가 유행한다. 나는 중국이 오랫동안 우리나라에 의료 원조를 해준데 대해 매우 감사하고 있다. 니제르도 아르테미시닌으로 말라리아를 통제하고 있으며 아주 좋은 성과를 거두었다."

가봉의 보건부장 살라스티나·바(塞莱斯蒂纳·巴)는 다음과 같이 언급했다. "중국은 공공건강 영역에서 아주 큰 공헌을 했다. 항말라리아 약물 아르테미시닌의 개발은 말라리아 치료에 중요한 역할을 하는데, 특히 위생환경이 좋지 않은 국가와 지역에서 그 역할은 매우 두드러진다."

1960년대부터 중국은 이미 의료팀을 아프리카 지역에 파견하여 무상으로 의료 원조를 해주었다. 2009년까지 중국은 아프리카에 54개의 병원을 지어주었으며 30개의 말라리아 방역센터를 건립했고 35개의 아프리카 국가들에게 2억 위안에 달하는 항말라리아 약품을 무료로 제공해 주었다.

2015년 10월 23일 모리셔스의 대통령 아미나 구립 파킴(Ameenah Gurib Fakim)은 행사 차 중국 방문 시 특별히 시간을 내어 중국 중의과학원 중약연구소를 방문했다. 저명한 생물학자이기도 한 아미나 구립 파킴은 투유유의 노벨상 수상을 축하하면서, 투유유의 연구 업적은 온 세계가 전통의학을 주목하는 계기가 되었으며, 이는 중국뿐만이 아니라 기타 개발도상국과 전 세계에 중대한 의의를 갖게 한 일이라고 극찬했다. 중국의 전통의학에 대해서도 흥미를 갖고 있는 그녀는 아프리카에는 전통약물자원이 아주 풍부하므로 중국과 전통의약 방면에서 더욱 많은 합작을 할 수 있기를 바란다고 하면서, 이를 통해 "남남협력(SouthSouth Cooperation)"의 장을 마련할 수 있으며, 모리셔스는 중국의 전통의학이 세계로 나가는 창구가 될 것이라고 했다.

아프리카의 모리셔스 대통령 아미나 구립 파킴(Ameenah Gurib Fakim)이 중국 중의과학원 중약연구소를 방문했을 때, 연구소 소장 천스린(陳士林)이 아르테미시닌과 관련 연구 성과를 소개하고 있다.

제5장
세계적인 명성을 떨치다

제5장
세계적인 명성을 떨치다

투유유와 그녀의 학생들

1981년, 중의연구원은 석사와 박사 학위를 수여할 수 있는 자격을 취득했다. 투유유는 곧 대학원생을 받아들여 4명의 석사를 양성해냈다. 그 가운데 우충밍(吳崇明)과 구위청(顾玉诚)은 전통 중약들인 연호색, 제비쑥, 엉겅퀴, 조뱅이 등의 유효 성분과 화학적 성분에 대해 연구하였는데, 투유유가 아르테미시닌을 연구할 때의 방법을 적용했다.

중약연구소에서 2001년에 중약학 박사학위 수여 자격을 취득하게 되자, 투유유는 2002년에 박사과정 대학원생 왕만위안(王满元)을 받았다.

1987년 7월. 투유유는 석사과정 대학원생 구위청(顧玉誠, 왼쪽 세 번째)과 동료들을 집으로 초대하였다.

왕만위안이 박사과정을 밟는 동안, 후대를 양성하는 목적과 양성계획의 완전성과 실행가능성 등을 고려하여, 투유유는 왕만위안을 지도하여 홍약(红药, Chirita longgangensis)의 화학적 성분과 생물활성연구에 관한 학술논문을 완수하도록 했다. 돌담배과 식물인 홍약은 소수민족인 장족 의사들이 즐겨 사용하는 중국 특유의 약재로서, 주요한 산지는 광시(广西) 서남부이다.

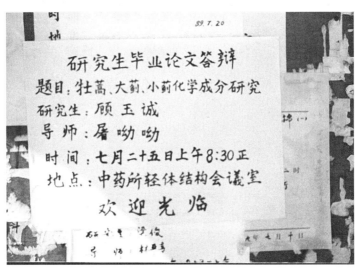

1989년 7월 25일, 투유유의 석사과정 대학원생 구위청(顾玉诚)의 졸업논문 발표회 현장. 서 있는 이가 구위청.

홍약은 주로 생리통이나 빈혈, 타박상, 골절상, 몸이 허약한 증세 따위에 사용된다. 투유유가 개똥쑥이 아닌 다른 약초에 대한 연구는 손꼽을 수 있을 정도인데, 홍약이 바로 그 중 하나이다. 이는 고희를 넘어선 나이에도 불구하고 후대 양성을 위해 노력하는 투유유의 남다른 학문태도를 보여주는 일화라고 해야 할 것이다.

왕만위안은 현재 수도의과대학(首都医科大学) 중의약학원(中医药学院) 중약약제 학과(中药药剂学系) 학과장을 맡고 있다. 왕만위안과 투유유의 '첫 만남'은 하나의 필기노트에서 시작되었다고 할 수 있다. 32절 크기의 이 짙은 녹색의 노트에는 투유유가 젊은 시절 기록해뒀던 중약 속의 여러 가지 화학성분의 분리 추출 등에 관한 정보가 담겨져 있다.

2002년 왕만위안이 막 입학했을 때, 투유유는 이 노트를 제자에게 선물했다. 제자가 식물화학을 파악하는데 조금이나마 도움이 될 수 있도록 하기 위함이었다. 당시 왕만위안에게 있어서 중약의 화학적 속성에 대한 필기로 빼곡한 이 노트가 담고 있는 정보는 "조금도 시대에 뒤떨어지지 않았다."

이미 누렇게 된 속표지를 통해 왕만위안은 마치도 학술선배가 매일같이 엄밀한 태도로 연구에 매진하는 모습을 보는 것만 같았다. 속표지에는 "레이펑(雷锋)동지를 따라 배우자"는 구호가 적혀져 있었는데, 이 노트는 1960년대 말부터 70년대 초에 작성된 것이었다. 당시 투유유는 항말라리아 약물의 연구·개발을 위한 '523'프로젝트를 막 접했을 때였다. 연구 자료를 얻기가 무척이나 힘들었던 당시 상황에서, 중약에 관한 많은 정보들은 여러 학교 '혁명위원회'에서 돌려보는 자료를 통해 수집해야만 했다.

이런 자료를 얻을 때마다 투유유는 세세한 부분까지 일일이 필사해

두었다. 3개월 남짓한 동안 그녀는 내복(內服), 외용(外用), 식물, 동물, 광물질 등을 포함한 2,000여 가지의 처방을 수집하고 그 가운데 200여 종의 중약재와 380가지의 추출물을 선별했다.

투유유(앞줄 오른쪽 세 번째)가 박사생 왕만위안(뒷줄 왼쪽 네 번째)의 졸업논문 발표회에 참가하고 있다. 발표회에 참여한 교수들로는 현 중약연구소 소장 황루치(黃璐琦, 앞줄 오른쪽 첫 번째), 중약연구소 화학연구실 실장 쑨유푸(孫友富, 앞줄 오른쪽 두 번째), 베이징대학 약학원(藥学院) 자오위잉(趙玉英, 앞줄 왼쪽 세 번째) 교수, 군사의학과학원(军事医学科学院) 독물약물연구소(毒物药物研究所) 췌이청빈(崔承彬, 앞줄 왼쪽 두 번째) 연구원, 베이징중의학대학(北京中医药大学) 중약학원(中药学院) 스런빙(石任兵, 앞줄 왼쪽 첫 번째) 등이다.

투유유가 중국중의연구원 2005년 대학원생 졸업식에서 제자 왕만위안과 기념사진을 찍고 있다.

2002년 투유유는 "중약 표준과 상관 중의약 임상효과 평가표준(中药标准及相关中医药临床疗效评价标准)"이라는 프로젝트에서 개똥쑥에 관련된 일부분을 책임지게 되었는데, 당시 유일한 팀원이었던 연구원 위안양(员杨)이 갑작스레 일본으로 연수를 가게 되었다. 인력이 부족한 상황이라 그때 막 투유유의 제자가 되었던 왕만위안이 연구팀 팀원으로 합류하게 되었는데, 이미 72세의 고령에 이른 투유유는 매 월 빠짐없이 택시를 타고 연구실에 와서 왕만위안의 연구 작업을 지도해주었다.

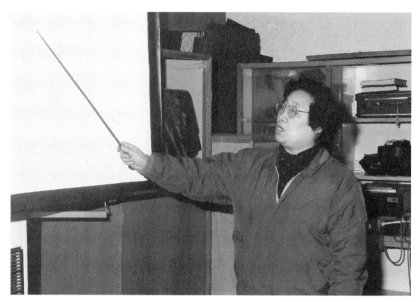
투유유가 연구과제에 대해 보고하고 있다.

"투 선생님은 도대체 양의사인가요? 아니면 중의사인가요?"

왕만위안에 따르면 투유유는 이런 질문을 자주 받는데, 이에 대해 구태여 대답하거나 설명하지 않는다고 한다. 제자로서 왕만위안은 중의(中医)와 서의(西医)의 논쟁에 대해 투유유가 전혀 관심을 가지지 않음을 잘 알고 있었기 때문이었다.

"투 선생님은 한평생 과학연구에 이바지해오면서 과학기술을 이용하여 중약의 효과를 극대화키는 방법을 탐색하는 것을 보람으로 여기셨는데, 저를 가르침에 있어서도 이러한 신념을 늘 갖고 계셨지요."

왕만위안은 입학하자마자 곧바로 선생님의 '선물'을 받았다. 그 선물이란 투유유의 석사연구생들이었던 우충밍(吳崇明)과 구위청(顾玉诚)의 석사논문을 말하는 것인데, 이 두 편의 논문이 투유유가 아르테미시닌

1985년 2월 투유유가 실험에 열중하고 있다.

왕만위안은 이 '선물'을 통해 연구를 어떻게 하는지에 대한 맥락을 짚을 수가 있었고, 또한 투유유 "문하(門下)의 전통"을 이해할 수 있었다고 한다.

왕만위안이 박사과정을 이수하는 동안 투유유는 직접 돈을 내어 베이징대학 의학부(医学部)와 셰허의과대학(协和医科大学)으로 가서 중초약화학(中草药化学)과 스펙트럼 분석 등 과목을 이수하도록 했다.

1996년 투유유가 조수 양란(杨岚)의 실험을 지도하고 있다.

"투 선생님의 연구 사업에 대한 집념은 대단하고 한번 매달리면 전심전력으로 일에만 몰두하는 분입니다."

왕만위안에 따르면 투유유는 평상시에 신문을 스크랩하는 습관이 있다고 했다. 특히 건강보건 분야의 중대한 사건이나 뉴스를 즐겨 스크랩했는데 늘 왕만위안에게 관련 자료를 찾아내어 지식을 보충하도록 했다는 것이다. 사스가 한창 유행하던 때 투유유는 곧바로 중국 예방의학과학원(预防医学科学院)과 손잡고 아르테미시닌 계열 약물의 사스 치료 가능성에 대한 연구를 진행했다.

한창 연구에 몰두하고 있는 투유유.

왕만위안은 감개무량해 하면서 말했다.

"투 교수님 세대의 과학자들은 아주 강한 국가에 대한 영예심과 집 체적인 귀속감을 갖고 있으며, 확고하면서도 소박한 과학적 신앙을 갖고 있습니다. 투 교수님은 은연중에 저를 감화시켜 주셨고, 교수님한 테서 저는 과학연구를 함에 있어서 일단 방향을 찾으면 흔들리지 말고 끝가지 연구에 매진해야 한다는 것을 배웠습니다."

래스커상(Lasker prize)을 비롯한 국제적인 대상을 수상하다

2011년 9월 12일 묵묵히 연구에만 매진해왔던 투유유가 처음으로 대 중의 주목을 받기 시작했다.

이날 2011년의 래스커상 수상 명단이 공개되었는데, 투유유가 임상 의학상을 받았던 것이다. 수상 이유는 "항말라리아 특효약인 아르테미시닌을 발견하여, 전 세계, 특히 개발도상국의 수백만에 달하는 생명을 구했다"였다.

훗날의 노벨상이 없었다면, 이는 중국 생물의학계에서 받은 세계적인 상으로는 레벨이 가장 높은 상이었다.

의학 영역에서 뛰어난 기여를 한 과학자, 의사, 공공서비스 인원들에게 수여되는 래스커상은 생물의학 영역에서 노벨상에 버금가는 큰 상이다. 2011년까지 이미 300여 명이 래스커상을 수상했는데, 이 가운데 수십 명은 또 노벨상 수상자이기도 하다. 이는 래스커상의 무게감을 확인할 수 있는 통계이다. 매 년 노벨상보다 먼저 발표되는 래스커상은 수상자가 노벨상 수상자와 겹치는 것으로 유명하며, 노벨상 수상자를 예측할 수 있는 풍향계로 인식되고 있다.

따라서 당시 투유유에 대한 기사들에는 "노벨상에 가장 근접한 중국 여인", "충분히 노벨상을 받을 자격이 있다"는 등의 평론들이 넘쳐났다.

베이징 시각으로 2011년 9월 24일 새벽 2011년 래스커상 시상식에서 투유유는 묵직한 트로피를 받아들었다. 이미 81세의 고령에 이른 투유유는 진지한 표정으로 수상소감을 발표했다.

"이는 중의와 중약이 세계로 나아가는 과정에서 획득한 하나의 영예이다. 이 영예는 과학연구팀의 모든 사람에게 속하는 것이며, 함께 노력해온 중국의 전체 과학자들에게 속하는 것이다"

확실히 이는 유서 깊은 중의약학(中医药学)이 성공적으로 세계적인 건강문제를 해결했음을 처음으로 전 세계에 확실하게 각인시키는 일이었다.

2011년 9월 24일, 투유유가 미국 뉴욕에서 래스커상을 수상하고 있다.

"인류가 약물을 사용한 역사에서, 우리가 지금처럼 수억 명에 달하는 사람들의 고통과 압력을 해소하고 백여 개 나라 수백 만 사람들의 목숨을 구한 발견을 경축할 수 있는 것은 결코 흔한 일이 아니다."

래스커상 평심위원인 스탠포드대학의 교수 루시 샤피로(Lucy Shapiro)가 아르테미시닌을 발견한 의의에 대해 설명할 때 한 말이다. 항말라리아 특효약인 아르테미시닌의 발견은 투유유와 그의 연구팀의 "통찰력과 집념에서 비롯된 것이며" 아르테미시닌은 지난 반세기동안 세계에 제공된 가장 중요한 약물이었던 것이다.

래스커상 증서와 트로피.

투유유(앞줄 왼쪽 두 번째)가 2011년 래스커상 평심위원들과 기타 수상자들과 기념사진을 찍었다. 다른 두 명의 수상자는 아서 홀위치(Arthur Horwich, 뒷줄 왼쪽 두 번째)와 프란츠 울리히 하틀(Franz-Ulrich Hartl, 뒷줄 왼쪽 세 번째)이다. 미국국립보건연구원(NIH)이 공공서비스 부문 수상 기구로 선정되었는데, 뒷줄 왼쪽 첫 번째가 이 기구를 대표해서 수상한 사람이다.

세계보건기구의 글로벌 말라리아 프로그램(Global Malaria Program) 책임자 파스칼 링월드(Pascal Ringwald)는 당시 이렇게 말했다.

"지난 10년간 전 세계적으로 말라리아로 인한 사망자수가 38% 줄어들었다. 전 세계 43개 나라에서 말라리아 발병률이 감소되었는데, 이 가운데 아프리카의 11개 나라의 말라리아 발병율과 사망률은 50%이상 줄어들었다. 아르테미시닌 계열 약물의 개발은 말라리아를 물리치기 위한 인류의 항쟁에 효과적인 무기를 제공했다."

투유유는 수상 뒤, 아르테미시닌의 뛰어난 항말라리아 효과를 언급하기보다는 자기의 수상(受賞)이 중국의 중의약학에 끼치는 영향에 더 주목했다. 수상 소감에서 투유유는 평온한 표정으로 아르테미시닌의 개발 경과를 설명하고 나서 조금 상기된 표정으로 말했다.

"전통적인 중의약을 한 걸음 더 나아가 발굴하고 계승하고 발전시켜 혁신을 이뤄야 합니다. 중의약은 위대한 보물고로서, 세계인들의 건강에 도움을 줄 수 있는 충분한 잠재력이 있습니다. 우리의 선조들은 훌륭한 경험을 많이 남겼습니다. 우리는 이미 아르테미시닌을 발견하여 세계적인 절박한 문제를 해결했습니다. 이와 같은 전통 약물은 아직도 얼마든지 있습니다."

당시 국가 중의약관리국(国家中医药管理局)에서 보내왔던 축하편지에서는 다음과 같이 말하고 있다.

"투유유 연구원이 래스커 임상의학상을 수상한 것은, 중의약이 위대한 보물고임을 충분히 설명해주고 있으며, 중의약의 과학적 가치를 입증했고, 중국 생물의학 영력의 과학기술 혁신능력을 실현한 것이며, 수많은 중의약 종사자들을 분발하게 해주었다."

"국내와 국제적으로 충분히 노력을 기울이면 중약을 새로운 경지에로 이끌 수 있으며 더욱 많은 사람들의 목숨을 구할 수 있을 것이다."

아르테미시닌의 역사를 연구하고 있는 베이징대학 생명과학원 원장 라오이(饶毅)가 투유유의 래스커상 수상 소식을 전해들은 뒤 한 말이다. 아르테미시닌은 전통 약물의 화학적 성분을 밝혀내어 개발한 새로운 약물의 가치를 입증했다.

2011년 9월 투유유 부부와 큰딸 리민(李敏) 가족이 래스커상 시상식에서 기념사진을 촬영했다.

또한 이는 국제 약학계가, 전통약물의 화학적 구조를 밝혀내고 새로운 화합물을 발견하여 관련 약물을 개발하는데 자극제가 될 것이며, 사람들에게 중약의 특정된 화학성분과 특정 질병 사이의 상관관계를 파헤칠 필요성을 각인시켜 주었다.

인류에 대한 아르테미시닌의 기여는 아직도 현재진행형이다. 중국 땅에서 비롯된 이 과학연구 성과는 전통 중의약의 진귀한 보물로서, 래스커상 수상을 계기로 국제 생물의약계의 더 많은 주목과 인정을 받고 있다.

래스커상을 받고 나서 4년 뒤, 투유유와 그의 연구팀의 일련의 작업들은 또다시 국제 의학계의 인정을 받게 되었다. 2015년 6월 워렌 알퍼트 재단(Warren Alpert Foundation)과 하버드대 의학원에서 공동으로 말라리아 연구에서 특출한 공헌을 한 투유유와 기타 두 명의 과학자에게 2015년 워렌 알퍼트 재단 상(Warren Alpert Foundation Prize)을 수여했다. 투유유는 건강이 여의치 않아 시상식에 불참하고 가족들이 대신해서 상을 받았다.

워렌 알퍼트(Warren Alpert)가 1987년에 설립한 워렌 알퍼트 재단(Warren Alpert Foundation)은 인류의 건강에 획기적인 기여를 한 과학자들을 장려해왔다. 지금까지 이미 51명의 과학자가 이 상을 받았는데, 이 가운데 투유유를 포함한 8명의 과학자들은 노벨상 수상자이기도 하다. 투유유는 이 상을 받은 첫 중국인이었다.

2011년 11월 보건부 부장 천주(陈竺, 오른쪽 두 번째), 보건부 차장이며 중의약관리국(中医药管理局) 국장인 왕궈창(王国强, 왼쪽 두 번째), 중국 중의과학원(中国中医科学院) 당서기 왕즈융(王志勇, 왼쪽 첫 번째), 중국 중의과학원 원장 장보리(张伯礼, 오른쪽 첫 번째) 등이 투유유(가운데)와 기념촬영을 했다.

투유유의 큰딸 리민과 사위 마오레이(毛磊)와 외손녀가 투유유를 대신하여 워렌 알퍼트 재단 상(Warren Alpert Foundation Prize)을 받았다.

뜻밖의 노벨상

2015년 10월 5일, "노벨상 풍향계"로 불리는 래스커상을 받은 지 4년 뒤, 투유유는 마침내 노벨상 수상자가 되었다.

스웨덴의 카롤린스카 연구소(Karolinska Institute)는 이날 2015년의 노벨생리의학상을 중국의 투유유와 아일랜드 출신 약학자 윌리엄 C 캠벨, 일본인 약학자 오무라 사토시(大村智)에게 수여한다고 선포했다. 기생충 질병 치료 방면에서 거둔 중대한 업적을 기리기 위한 것이었다.

이로써 투유유는 노벨의학상 분야의 12번 째 여성 수상자가 되었다. 수상 이유는 "새로운 말라리아 치료법의 발견"이었다. 노벨생리의학상 평심위원인 랑·앤더슨(让·安德森)은 다음과 같이 말했다.

"투유유는 아르테미시닌이 동물과 사람의 체내에서 효과적으로 말라리아 원충을 제거한다는 것을 맨 처음 밝혀낸 과학자이다. 그의 연구는 인류의 생명과 건강에 커다란 기여를 했으며, 관련 연구자들에게 새로운 길을 제시해주었다. 투유유는 중의학지식을 체득하고 있을 뿐만 아니라, 약리학과 화학에도 해박하다. 그녀는 동방과 서방의 의학을 결합하여 1 더하기 1이 2보다 크다는 결과를 만들어냈다. 투유유의 발명은 이러한 결합의 완벽한 실현인 것이다."

노벨상 평심위원회는 "그 가치를 가늠할 수 없다"는 문구로 2015년 수상자들의 성과를 표현했다.

"기생충으로 인한 질병은 수천 년 동안이나 인류를 괴롭혀왔으며 전 지구적으로 중대한 건강문제를 유발했다. 투유유가 발견한 아르테미시닌은 말라리아 환자들의 사망률을 획기적으로 줄였으며, 캠벨과 사토시가 발명한 아바멕틴(Abamectin)은 상피병(象皮病)과 사상충증(絲狀蟲症)의 발병률을 근본적으로 낮추었다. 올해의 수상자들은 모두 위해성이 가장 큰 기생충병에 대해 혁명성적인 치료법을 개발해냈는데, 이 두 가지 연구 성과는 매 년 수백만에 달하는 관련 감염자들에게 새롭고 강력한 치료법을 선물했으며, 인류의 건강상태를 개선하고 환자의 고통을 덜어주는 방면에서의 성과는 그 가치를 가늠할 수 없다."

2015년의 국경절 연휴기간 온 중국이 이로 인해 흥분의 도가니에 빠졌다.

소식이 공개된 당일 중국공산당중앙정치국(中共中央政治局) 상무위원이며 국무원 총리인 리커챵(李克强)은 곧바로 중의약관리국에 서신을 보내 중국의 저명한 약물학자 투유유가 2015년 노벨생리의학상을 받은 것을 축하했다. 편지는 다음과 같이 언급했다.

"오랜 시간동안 의학연구자들을 포함한 중국의 많은 과학기술 종사자들이 묵묵히 연구에 매진하고, 사심 없이 기여하고, 단결하고 협력해오면서 훌륭한 성과들을 수없이 이루어냈습니다. 투유유가 노벨생리의학상을 받은 것은 중국의 과학기술이 번영하고 진보하고 있음을 실현한 것일 뿐만 아니라 중의약이 인류의 건강사업에 거대한 기여를 하고 있음을 실현한 것이기도 합니다. 아울러 이는 중국의 종합적 국력과 국제적 영향력이 제고되었음을 방증하기도 합니다. 바라건대 여러 과학기술 연구자들이 혁신적으로 발전을 도모하는 전략에 따라, 개개인의 창업을 적극 추진하고 너도나도 혁신을 이루고, 과학기술의 최전방을 향하여 있는 힘껏 난제를 해결함으로써, 중국의 경제사회 발전을 촉진시키고, 새로운 형태의 국가건설에 더 많은 기여를 할 수 있기를 바랍니다."

2015년 10월 5일 리커창(李克强) 총리가 서신을 보내 투유유가 2015년 노벨생리의학상을 받은 것을 축하했다. 사진은 10월 6일 중앙방송국(中央 电视台, cctv)의 뉴스 연합보도(新闻联播)의 관련 보도 장면이다.

22015년 10월 5일 저녁, 류옌동(刘延东) 총리의 위탁으로 중국과학기술협회(中国科协) 당서기 상용(尚勇, 오른쪽 두 번째), 국가 보건과 계획생육위원회(国家卫生和计划生育委员会) 부위원장이며 중의약관리국(中医药管理局) 국장인 왕궈창(王国强, 왼쪽 세 번째) 등 일행이 투유유를 방문했다.

　중공중앙정치국 위원이며 국무원 부총리인 류옌동(刘延东)의 위탁으로 중국과학기술협회(中国科协)와 국가 보건과 계획생육위원회(国家卫生和计划生育委员会) 책임자들이 2015년 10월 5일 저녁에 투유유를 방문하고 축하인사를 전했다.

　10월 5일 전국부녀연합회에서 투유유에게 서신을 보내와 그녀가 2015년 노벨생리의학상을 받은 것을 축하했다. 10월 10일 오후 전국인민대표대회 상무위원회(全国人大常委会) 부위원장이며 전국부녀연합회 주석인 선웨웨(沈跃跃)가 몸소 투유유를 방문했다.

2015년 10월 10일 오후, 전국인민대표대회 상무위원회(全国人大常委会) 부위원장이며 전국부녀연합회 주석인 선웨웨(沈跃跃, 왼쪽 세 번째), 전국 부녀연합회 당서기이며 부주석인 송슈옌(宋秀岩, 오른쪽 세 번째), 국가위생과 계획생육위원회 부위원장이며 국가중의약관리국 국장인 왕궈창(王国强, 왼쪽 두 번째) 등 일행이 투유유를 방문했다.

여러 국가 기구들에서도 관련 좌담회를 개최했다. 10월 8일 국가보건과 계획생육위원회(国家卫生计生委), 국가중의약국, 국가식품약품감독총국(国家食品药品监管总局) 등이 연합으로 투유유의 노벨생리의학상을 축하하는 좌담회를 개최했다. 좌담회에서는 전국인민대표대회 상무위원회 부위원장 천주(陈竺)가 직접 투유유에게 축하인사를 전했다. 그는 다음과 같이 말했다.

"투유유의 연구는 아르테미시닌이 말라리아를 치료하는데 있어서 중요한 기틀을 마련함으로써 국가와 세계보건기구의 전폭적인 지지를 받을 수 있었고, 전 세계적으로, 특히 여러 개발도상국의 수백만에 달하는 말라리아 환자들의 생명을 구해냈으며, 인류가 이 중대한 기생충성 전염병을 치료하고 통제하는 데에 혁신적인 기여를 하였다. 이는 과학적인 방법으로 중의약의 계승을 촉진시켰고 성과를 이뤄냄으로써 세계로 나아간 중요한 사례이다." 세계적인 영향력을 갖고 있는 과학자인 천주는 아르테미시닌의 연구 작업을 시종일관 주목하고 지지해왔었다. 그는 오래전에 이미 아르테미시닌은 중국의 자부심이라고 언급한 적이 있었다.

8일, 중국과학기술협회(中国科协)에서도 "투유유의 노벨의학상을 축하좌담회"를 개최했다.

투유유의 노벨상 수상은 국제사회로부터도 주목을 받았다.

천주(陈竺)가 투유유를 방문하고 있다.

왜 투유유인가?

1955년에 중의연구원 중약연구소에 배치되어 지금까지 60여 년 동안 투유유는 자기의 연구 장소를 거의 떠나지 않았다. 그녀는 시종일관 그 신비한 "중국의 작은 풀"에 매달렸는데, 이와 관련된 많은 우수한 연구 성과들이 이곳에서 나왔다.

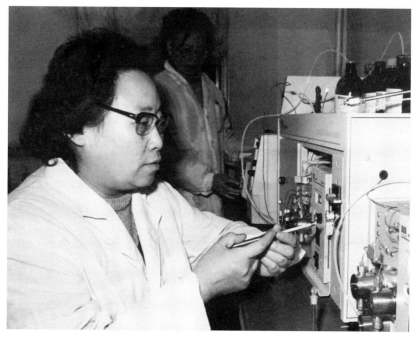

1990년대에 투유유가 다이하이드로알테미시닌의 액상분석 실험을 하고 있다.

아르테미시닌을 발견하고 나서도 투유유는 연구를 멈추지 않았다. 사업에 대한 집념으로 그녀는 더 심층적인 탐구에 몰두했다. 1973년에 투유유는 성공적으로 다이하이드로알테미시닌을 합성함으로써 아르테미시닌 구조 속에 카르보닐기가 존재함을 증명하였다. 훗날 그녀가 합성해낸 이 화학물질이 천연적인 아르테미시닌보다 항말라리아 효과가 훨씬 더 뛰어남이 입증되었다.

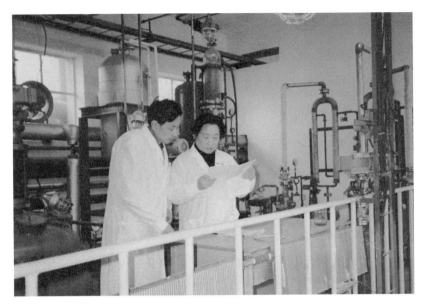

1992년, 베이징 제6제약공장(北京第六制药厂)에서 투유유가 기술원을 가르치고 있다.

투유유와 그녀의 연구팀의 공동의 노력으로, 1983년 8월에 아르테미시닌 제제 개발이 완료되었다. 1986년 아르테미신은 등록번호가 (86)x—01인 신약증서를 획득하였다.

이는 1985년에 『중화인민공화국약품관리법(中华人民共和国药品管理法)』과 『신약심사비준방법(新药审批办法)』이 반포된 후 보건부에서 처음으로 비준한 신약증서이다.

1973년 9월 아르테미시닌 캡슐이 세 차례의 임상시험에서 모두 효과를 입증한 뒤, 1986년 아르테미신 계열의 제제(製劑)가 정식으로 비준·등록되어 출시되기까지 장장 13년이란 시간이 걸렸다!

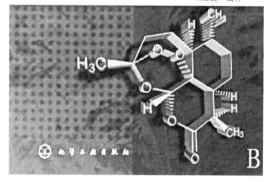

투유유의 저서 『개똥쑥과 아르테미시닌 계열 약물(青蒿及青蒿素类药物)』의 표지.

중약의 연구에 몰두해있던 투유유는 2009년에 자신의 저서 『개똥쑥과 아르테미시닌 계열 약물(青蒿及青蒿素类药物)』을 출간하게 되는데, '11.5' [09] 국가중점도서로 선정되었다. 그녀는 자신을 방문한 사람들에게 늘 이 한 권이면 족하다고 말해왔다. 과학자로서 그녀는 260쪽에

---

09) '11.5(十一五)' : 2006년부터 2010년까지의 기간 중에 추진할 국민경제와 사회발전 제 11차 5개년 계획임. 중국은 매 5년을 단위로 관련 계획을 추진하고 있으며, 현재는 2016년부터 2020년에 이르는 13차 5개년 계획 기간이다. - 역자 주.

불과한 이 학술서로 세상과 소통하면 족하다고 생각했고, 더 많은 기타의 것들에 대해서 바라지 않았다.

투유유가 발표한 논저들을 보면 그녀가 오랜 시간동안 중약 개똥쑥과 그 유효성분 연구에만 몰두하였음을 알 수 있다. 그녀는 개똥쑥의 어린 싹, 정품(正品) 등에 대한 연구 성과들을 논문으로 발표했다.

투유유는 특별히 내놓을만한 '타이틀'은 없었지만, 이는 그녀가 전심전력으로 연구에 몰두하는 데 방해가 되지 않았고, 이는 최종적으로 노벨상 획득이라는 결과로 이어졌다.

투유유는 다음과 같이 말했다.

"한평생 노력해왔기에, 아르테미시닌이 그 작용을 충분히 발휘할 수 있기를 바랍니다. 또한 새로운 동기 부여 메커니즘이 제정되어 중의약 방면에 더 많은 가치 있는 성과가 나와서, 인류의 건강을 위해 더 많은 작용을 할 수 있기를 바랄 뿐입니다."

중의약이 갖고 있는 특유의 "원초기술 장점(原創优勢)" 역시 투유유가 노벨상을 수상할 수 있는 중요한 원인이라고 할 수 있다. 실상 중의약은 중국에서 "원초기술 장점"이 가장 뚜렷한 과학영역이다.

동한(东汉)시기의 장중경(张仲景)은 '상한(伤寒)'병 치료로 유명했다. 그의 저서『상한론(伤寒论)』은 여러 가지 전염병의 시기별 치료방법을 기술하고 있는데, 그 방법들이 지금까지도 사용되고 있음은 물론, 그 특유의 유연하고 융통성 있는 진단과 치료 방법은 중의학의 임상실천의 기틀을 마련했다. 일본 한방의학(汉方医)의 경방파(经方派)는 지금까지도 장중경의 방법으로 바이러스성 간염과 같은 전염병을 치료하고 있다.

중국의 의학자들은 980년-1567년 사이에 인두접종법을 발명했다. 인두접종법은 우두접종법을 발명하기 전까지 가장 효과적인 천연두

예방법이었다. 일찍 중국에서 광범위하게 사용되었던 이 방법은 후에 서양으로 전해지고 미국으로 넘어가서 수많은 사람들의 목숨을 구해냈고, 현대 면역예방의학의 탄생을 촉발시켰다.

기원전 369년부터 1644년 명나라 말년에 이르기까지, 정사(正史)에 기록된 대규모 전염병 유행 사례만 95회에 달하며, 청사고(清史稿)의 기록에 따르면 100회가 훌쩍 넘는다. 이렇듯 빈번한 전염병 유행에도 불구하고 중국의 당시 인구는 고속 성장세를 보여 왔는데, 청나라 중엽에는 1억을 돌파하고 말기에는 3억에 달했다. 동시기 유럽의 전체 인구는 1.5억에 불과했으며 인구 증가율도 아주 낮았다. 그 원인은 여러 가지가 있겠지만, 중의가 지대한 공헌을 했음은 더 말할 필요도 없다.

......

투유유는 아르테미시닌의 비밀을 발견한데 대해 다음과 같이 자평했다. "현대과학의 힘을 빌려 선조들의 의학 정수(精髓)를 발굴해낸 것은 내가 스스로 가장 대견스럽게 생각하는 점이다."

그 내재적 의미는 중국 중의약계에서 이미 귀에 못이 박히게 들어왔던 "중서의 결합(中西医结合)"으로 함축되고 있다.

전국 제3기 "양의사 중의강습반" 수강생으로서 투유유가 걸어왔던 과학연구의 길은 이를 방증하는 가장 좋은 예라고 해야 할 것이다.

중화인민공화국 성립 초기에 성장한 여성 과학자로서 투유유는 당시 전국적으로 추진되었던 "중서의 결합"의 세월들이 중국 전통의약학의 발전에 미친 영향에 대해 너무나도 잘 알고 있었다.

지금에 이르러 중국의 전통중의약은 국제사회에서 더욱 많은 호평을 받고 있다. 노벨생리의학상 평심위원회 주석 실라르드(Szilard)는 다음과 같이 말했다.

"중국의 여성 과학자 투유유는 개똥쑥에서 아르테미시닌을 추출하여 말라리아 치료에 응용했다. 이는 중국의 전통 중초약(中草药)도 과학자들에게 새로운 계발을 위한 힌트를 줄 수 있음을 의미한다. 현대 과학기술 수단으로 정제하고 또 현대의학과 결합시켜 개발한 새로운 형태의 중초약은 질병 치료에서 이미 아주 괄목할만한 성과를 거두었다."

　중화의 문화는 넓고도 심오하다. 중의약은 수천 년 중화문화가 창조하고 축적한 거대한 보물고로서 계속 계승 발전해야 할 것이다. 중의약은 수많은 중화의 아들딸들의 건강을 지켜왔기에, 중국의학은 오랜 시간 동안 세계적인 초일류 의학이었다고 말할 수 있다. 신의(神醫)로 불리는 편작(扁鵲)이나 화타(華佗) 등은 역사시기에 중의학의 눈부신 성과를 잘 보여주고 있다. 투유유의 노벨상 수상은 다시 한 번 중의약의 잠재력을 입증했다. 따라서 중의약을 계속 계승하고 발전시켜야 함은 두말할 여지도 없는 것이다.

　중국 중의과학원 원장이며 중국 공정원(工程院) 회원인 장보리(张伯礼)는 이 점에 대해 특히 공감하였다. "그는 중의약의 원초적 기술과 현대과학을 결합하면 독창적인 성과를 이룰 수 있다고 생각한다."

　투유유의 노벨생리의학상 수상에 대해 그는 다음과 같이 말했다.

　"중의약학은 지금까지 폐쇄된 적이 없었으며, 시대와 더불어 부단히 발전하고 다른 시대의 새로운 인식과 새로운 기술을 받아들이며 왔었다.

낚시만화 – 서방의 신약 개발은 최종 출시하기까지 십여만 개에 달하는 방대한 화합물에 대해 일일이 선별작업을 거쳐야 하는데, 그야말로 바다에서 바늘 건지는 거나 다름없다. 하지만 수천 년 동안 꾸준히 축적해온 중국 중의약에 기초한 신약 개발은 그야말로 중의약이라는 어항 속에서 고기를 낚는 거나 진배없다.

과학기술이 비약적으로 발전하고 있는 현재, 중의약의 발전 역시 현대과학기술과 결합하여 시대적인 특색을 가미하고 실속을 더욱 다져 가야 할 것이다. 중의약은 우리나라가 원초기술을 갖고 있는 주요한 영역이다. 중의약의 독특한 이론체계와 '오리지널 사유(原创思维)'는 과학기술 혁신의 마를 줄 모르는 원천이며 거대한 혁신 가능성을 내포하고 있다고 말할 수 있다. 중의학의 '오리지널 사유'와 경험이 현대과학기술과 결합되면 독창적인 성과를 이룰 수 있는데, 아르테미시닌의 개발이 바로 그 방증이다.

우리가 중의약의 현대화를 제창한다는 것은 전통이 중요하지 않다는 의미가 아니다. 중의약의 혁신을 이루기 위해서는 고대의 의학경전들에서 혁신의 아이디어를 찾아내야 할 뿐만 아니라, 적극적으로 현대의 선진적인 과학기술을 습득하고 응용해야 한다. 중의약과 현대과학이론, 기술과 방법들이 화학적으로 결합되면, 생명과학의 내용을 풍부히 할 수 있으며, 보건의료 서비스의 능력을 향상시킬 수 있다. 또한 혁신적으로 발전을 이끄는 전략과 경제발전 방식을 변환시키는 데 있어서 더욱 큰 기여를 할 수 있을 것이다."

중의약의 오리지널 우세에 대해, 중국 중의과학원 중약연구소 소장 천스린(陈士林)은 다음과 같이 말했다.

"민족적인 것일수록 더 생명력이 있다. 전통의학 영역에는 거대한 독창적 기술자원이 내포되어 있는데, 현대기술과 결합되면 많은 중대한 성과를 낼 수 있으며, 사람들에게 도움을 줄 수 있다. 이를테면 비상(砒霜)이 백혈병 치료에 사용되고, 시노메닌(sinomenine)이 항바이러스에 쓰이며, 황련(黄连)에서 추출한 베르베린(berberine)이 당뇨병에 사용되고 있다."

이밖에 중국 본토에서 자연과학 영역의 첫 노벨상 수상자가 여성이라는 것도 기쁜 일이 아닐 수 없다.

115년에 달하는 노벨상 역사에서 자연과학 영역의 수상자는 592명인데 이 가운데 여성 수상자는 17명으로 3%에 불과하다. 이 가운데 화학상 수상자는 4명인데 그 중 2명은 마리 퀴리와 그녀의 딸 이렌이다. 여성 물리학상 수상자는 불과 2명에 불과한데 그 가운데 한 명은 마리 퀴리이다. 또한 1963년부터는 아직까지 여성 물리학상 수상자가 배출되지 못했다. 생리의학상은 그나마 나은 편이다. 지금까지 12명이 수상했는데, 역시 전체의 5%에 불과하다. 이러한 역사배경에서 투유유의 수상은 중국 과학계의 자랑일 뿐만 아니라 중국 여성의 자랑이고 세계 여성의 자랑인 것이다.

1995년, 투유유가 5.1국제노동절을 맞아 전국 노동모범과 모범근로자(先进工作者) 표창대회에 참여했다.

2002년 4월, 투유유는 전국 부녀연합회(中华全国妇女联合会)와 국가 지적재산관리국(国家 知识产权局), 중국 발명자협회(中国发明协会联) 등이 연합으로 수여한 "신세기 여성발명가 (新世纪巾帼发明家)"상을 받았다.

2009년, 투유유는 "중국중의과학원당씨중약발전상(中国中医科学院唐氏中药发展奖)"을 획득했다.

2012년 2월, 투유유는 전국부녀연합회에서 발급한 "전국3.8 붉은기수 (全国三八红旗手)"상을 받았다.

2015년 11월 19일, 투유유가 주중 스웨덴 대사 루오루이드와 스웨덴에 가서 노벨상을 수상하는 일정에 대해 이야기하고 있다.

2015년 11월 19일, 투유유와 남편 리팅자오, 중국중의과학원 원장이며 중국 공정원 회원인 장보리(张伯礼)가 주중 스웨덴 대사 루오루이드와 기념사진을 촬영했다.

투유유의 수상은 중국 여성도 지식 방면에서 조금도 뒤처지지 않음을 증명했다. 여성들이 순조롭게 "주방에서 해방"된 후, 얼마나 큰 무대에 설 수 있는지는, 이제 투유유가 걸어온 길에서 그 답을 찾을 수 있게 되었다. 과학연구 능력과 잠재력 방면에서, 여자들은 큰 성과를 낼 수 없다는 고정적인 인식과 낡은 관념들은 모두 허언에 불과한 것이다.

투유유의 경력은 중국이 그동안 추진해왔던 일련의 남녀평등 정책이 여성의 발전과 국가의 발전에 모두 촉진작용을 했음을 보여주고 있다. 투유유의 노벨상 수상은 이러한 정책과 조치들이 맺은 열매인 것이다.

국가적으로 여성인재의 성장에 관심을 기울여 관련 정책과 조치들을 내놓고 있으며, 사회적으로도 여성인재의 성장에 좋은 환경이 마련되도록 하고 있다. 따라서 더욱 많은 '투유유' 같은 여성들이 평등한 환경 속에서 성장하게 될 것이고, "유리천장"이 없는 공간에서 두각을 나타낼 것이다.

이미 85세에 이른 투유유는 아직도 중의약 사업에서 남은 열정을 불태우고 있다. 사람들의 존경을 자아내는 이 여인의 몸에서 대중을 위해 헌신하는 의학 종사자들의 숭고한 정신과, 중국 과학자들의 애써 탐구하고 과감하게 혁신을 이뤄내는 직업적 풍모를 엿볼 수 있다.

집요한 유유(呦呦)

2005년 투유유는 베이징의 싼리툰(三里屯)에서 차오양(朝阳)구의 진타이루(金台路) 부근의 어느 고층 아파트단지로 이사했다. 베이징 사람들의 습관적인 기준으로 보면 이는 방 세 개에 거실 두 개가 딸린 구조였다. 이 아파트는 전망이 아주 좋았다. 햇빛이 잘 들어올 뿐만 아니라, 거실에서 CCTV 신사옥, 인민일보사(人民日报社) 등 베이징의 새로운 랜드마크들이 한 눈에 들어왔다.

투유유 부부는 신사옥에 대해 아주 만족해했다. 이 가정의 습관에 따르면, 집 구매와 같은 중대한 결정은 당연히 남편 리팅자오의 몫이었다. 리팅자오는 이 집 구매를 자기 만년의 회심작으로 간주해왔다. 이 집에 들어오고 나서 투유유가 세계적인 상들을 대거 수상했고 세계의 주목을 받는 인물이 되었기 때문이다.

이미 팔순을 훨씬 넘긴 나이가 되었지만 투유유는 스스로 퇴직했다고 생각하지 않았다. 이는 그녀가 중국과학원의 종신연구원으로서 계속해서 개똥쑥 연구센터 실장을 맡고 있는 것과도 관계되지만, 더 중요한 것은 그녀의 취미가 종래 바뀌지 않았기 때문이다. 그 취미란 그녀가 대학교 시절부터 헌신해왔던 의학 사업이다. 이는 투유유의 집요한 성격에서 비롯된 것이기도 하다.

아르테미시닌이 더 많은 주목을 받고, 더 광범위하게 사용되고 있을 때, 투유유는 아르테미시닌의 무절제한 사용과 말라리아 원충의 내성문제로 눈길을 돌렸다. 그녀는 일부 과학문헌과 뉴스보도를 통해 특효약으로 간주되던 아르테미시닌이 말라리아 원충을 소멸시키는 기간이 조금씩 길어지고, 아르테미시닌에 내성을 가진 말라리아 원충이 일부 지역에서 나타나고 있음에 주목했다. 그녀는 이 영역의 다른 연구원들과 마찬가지로 최근의 일부 보고서에서 제기되고 있는 아르테미시닌에 내성을 가진 말라리아원충의 출현에 깊은 우려를 가지고 있었다. 세계보건기구는 이에 대해 정확한 전략적 결정을 내렸다. 이러한 내성을 피하기 위해, 아르테미시닌 한 약품으로만 치료하는 것을 삼가도록 건의한 것이다.

투유유는 이에 대해, 일부 지역에서 아르테미시닌을 대량으로 사용하여 말라리아를 예방하는 것은 내성을 유발할 수 있는 잠재적인 요소이기에 국제사회가 말라리아 치료방법을 규범화하고 아르테미시닌의 남용을 멈출 것을 호소했다.

만화속의 투유유(사진 제공 : 차오이(曹一)

투유유는 종래 아르테미시닌의 사용법에 대한 자기의 독특한 입장을 당당하게 밝혀왔었다. 다른 사람들이 어떻게 말하고 어떻게 하든, 그녀는 묵묵히 자기의 관점을 견지했는데, 이처럼 집요한 성격은 시종일관 그녀와 함께 했고 바뀌지 않았다.

1975년 아르테미시닌에 대한 연구를 한 단계 더 추진하기 위한 청두(成都)회의에서 투유유는 비판을 받은 적이 있었다. 리룬훙(黎润红)이 정리한 『'523'프로젝트 연대기(1964년부터 1981년까지)』에는 청두회의에 대해 아래와 같이 기록하고 있다.

"회의에서는 여러 연구기구들이 각자 연구사업의 진행정황에 대해 보고하고 교류를 하였다. 회의에서는 특히 광둥중의학원(广东中医学院) 중의중약연구팀(中医中药研究组)이 8년을 하루와 같이 말라리아 유행지역의 농촌에 내려가 뇌 말라리아(Cerebral Malaria) 치료 경험을 축적하여 좋은 성적을 거둔 점을 높이 평가했다.

또한 일부 기구들에서 실험실 연구에만 치중하면서, 문을 닫아걸고 맹목적으로 연구만 하는 정황도 더러 존재한다고 언급했다." 내막을 잘 아는 관계자에 따르면, 비판적 의미를 띤 이런 언급이 지칭하는 대상에는 투유유와 그의 연구팀도 포함되었다고 한다.

회의에서 많은 사람들이 분위기에 치중되어 아르테미시닌을 대규모적으로 임상실험에 적용해야 한다고 했지만, 정작 발견자인 투유유는 실험실에서 아르테미시닌의 구조를 정확히 규명한 다음에 대규모적인 임상실험 여부를 결정해야 한다는 자기의 주장을 굽히지 않았다. 그녀는 이렇게 하는 것이 환자에 책임지는 자세이고, 의학의 기본 법칙을 지키는 태도라고 생각했다.

집요함과 밀접히 연관되는 것은 그녀의 혁신에 대한 추구와 인지(認

知)이다. 12월 2일 저녁 노벨상을 수상하러 스톡홀름으로 떠나기 이틀 전, 투유유는 중국중의과학원 중약연구소 소장 천스린(陈土林)과 함께 혁신의 중요성에 대해 이야기를 나누었다. 그녀의 남편 리팅자오가 옆에서 혁신은 5중 전회(五中全会)의 결정으로서, 이미 관련 문건에 기록되었다고 언급했다. 이 말을 들은 그녀는 다소 격앙된 목소리로 대꾸했다.

"중앙의 이 결정이 아주 좋아요. 나는 전적으로 찬성해요."

그녀는 계속해서 말했다.

"만일 당년에 개똥쑥으로 말라리아를 치료할 수 있다는 비밀을 발견한 것이 혁신이라고 한다면, 지금 아르테미시닌이 지속적으로 새로운 생명력을 갖도록 하기 위해서도 부단히 혁신을 해야 하지요. 이렇게 해야만 성공을 거둘 수 있습니다."

85세의 고령에 이른 투유유에게 있어서 혁신은 그냥 멋으로 하는 말이 아니라, 시종일관 견지해온 이념이며, 그녀가 과학연구의 길에서 성공에 이를 수 있었던 관건인 것이다.

투유유의 집요한 성격은 그녀의 절절한 애국심에서도 잘 드러나고 있다. 투유유에게 있어서 "나라의 수요"는 곧 자기의 모든 노력을 기울여 분투하고 완성해야 함을 의미한다. 조국에 대한 열애는 그녀의 마음속에서 가장 중요한 한자리를 차지하고 있다. 아르테미시닌 연구에 몰두하기 위해 그녀는 조금도 주저 없이 두 딸과 생이별하는 고통을 감수했고, 아르테미시닌의 부작용을 철저하게 검증하기 위하여 그녀는 생명의 위험을 무릅쓰고 선뜻 인체실험에 나섰다. 그녀와 남편 리팅자오는 모두 무한한 애국심을 갖고 있었다. 리팅자오는 아직도 선명하게 기억하고 있다. 항미원조(抗美援朝)[10] 기간에는 참군을 자원했을 뿐만 아니라, 당시 대학생 신분이었던 투유유도 한국전쟁에 보내달라고 지원했다.

80을 훨씬 넘긴 이 노인이 당년에 했었던 수많은 결정과 선택들은 모두 조국에 보답해야 한다는 마음가짐에서 비롯된 것이었다. 심지어 이번에 스웨덴에 가서 노벨상을 받는 일도 그랬다. 고령에 지병을 앓고 있는데다 몇 해 사이 허리까지 불편했던 투유유는 상 받으러 가는 일을 망설이지 않을 수 없었다. 그녀는 애초에 『뉴욕 타임스』 등 언론의 취재를 받을 때에도 이런 태도였다. 하지만 연구소의 동료들이 노벨상 수상은 개인의 영예일 뿐만 아니라 국가의 영예이기도 하므로 되도록이면 가야 한다고 권고하자, 그녀는 즉시 스웨덴으로 가기로 결정했다. 이에 대해 리팅자오는 이렇게 말했다.

"일단 나라의 수요라는 말만 나오면 아내는 두말하지 않았지요. 한 평생 이렇게 해왔답니다."

객관적인 법칙을 파헤치기 위한 집요한 노력, 혁신에 대한 집요한 추구, 애국에 대한 집요한 신념, 이상을 실현하기 위한 집요한 열정, 투유유에게 있어서 이 모든 것은 수 천 수만 사람들의 반대에 부딪쳐도 결코 포기하지 않을 것들이었다. 이것이 바로 투유유이고, 이것이 바로 중국 과학자의 특유의 품격인 것이다!

---

10) 항미원조: 抗美援朝, 미국에 대항하고 조선을 지원한다는 의미로, 한국전쟁(6.25)을 이름. - 역자 주.

부록
스웨덴 카롤린스카(Karolinska Institutet) 연구소에서의 연설

부록

    존경하는 위원장님, 존경하는 수상자 여러분, 여사님들, 선생님들, 저는 오늘 이곳 카롤린스카 연구소에서 강연하게 된 것을 무한한 영광으로 생각합니다. 제 강연 제목은 "아르테미시닌─중의약이 세계에 준 하나의 선물"입니다.

    강연에 앞서 우선 노벨상 평심위원회와 노벨상재단에서 저에게 2015년 노벨생리의학상을 수여하게 해 주신데 대해 감사를 드립니다. 이는 저 개인에게 주는 영예일 뿐만 아니라 전체 중국 과학자들에게 주는 상이고 격려라고 생각합니다. 며칠 안 되는 사이에 저는 스웨덴 사람들의 열정적인 환대를 체험했습니다. 이 자리에서 함께 감사를 표합니다.

    방금 전에 윌리엄 C. 캠벨 선생과 오무라 사토시 선생이 훌륭한 연설을 해준데 대해서도 감사를 표합니다. 지금부터 저는 40년 전에 어려운 환경 속에서 중국의 과학자들이 힘겨운 노력과 분투 끝에 중의약에서 항말라리아 신약을 찾아낸 이야기를 하려 합니다.

    아르테미시닌의 발견 과정에 대해서 여러분들은 이미 여러 언론매체를 통하여 접했을 걸로 압니다. 따라서 저는 개괄적인 소개만 하도록 하겠습니다. 아래는 중의연구원의 항말라리아 연구팀이 당년에 했던 사업에 대한 간단한 종합입니다.

스웨덴 카롤린스카(Karolinska Institutet) 연구소에서의 연설
2015년 12월 7일
투유유(屠呦呦)

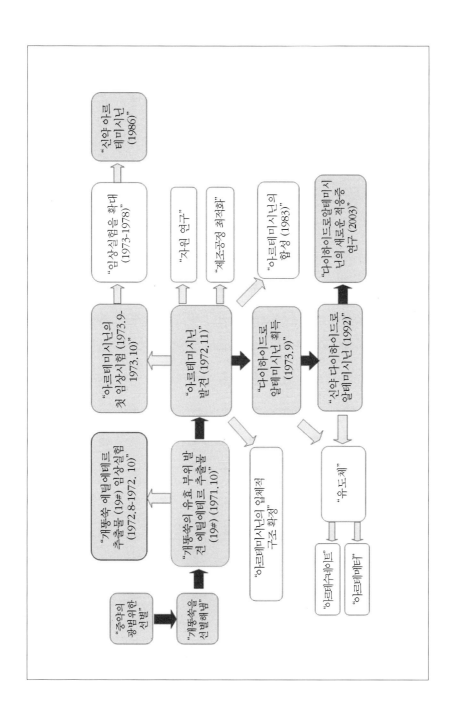

203

이 가운데 회색 바탕은 우리 연구원 연구팀이 완성한 것이고, 흰 바탕은 전국의 기타 협력팀들이 완성한 것입니다. 회색 바탕에서 흰색 바탕으로 넘어간 것은 우리 연구원과 협력기구에서 함께 완성한 것임을 의미합니다.

중약연구소의 연구팀은 1969년에 항말라리아 연구를 시작했습니다.

대량의 반복적인 선별작업을 거쳐 1971년부터 연구의 중점은 중약 개똥쑥으로 모아졌습니다. 그리도 또 수많은 실패 끝에 1971년 9월, 새로운 추출 방법을 적용하게 됩니다. 바로 저온 추출을 시도한 것입니다. 에틸에테르 백워시나(backwash) 스티핑(steeping)을 진행하고, 추후에 가성소다용액을 이용하여 산성을 제거하는 방법으로 추출하여 샘플을 만들었습니다. 1971년 10월 4일, 개똥쑥 에틸에테르 중성추출물(191# 샘플)을 생쥐 체중 1킬로그램당 1그램씩 연속 3일간 먹었더니 말라리아 원충 억제율이 100%에 달했습니다. 같은 해 12월부터 다음해 1월까지 진행했던 원숭이 실험에서도 말라리아 원충 억제율이 100%에 달했습니다. 개똥쑥 에틸에테르 중성추출물은 아르테미시닌을 발견하는 키포인트적인 요소였습니다.

1972년 8월부터 10월까지 우리는 개똥쑥 에틸에테르 중성추출물의 임상연구에 돌입했습니다. 악성말라리아 환자와 삼일열 말라리아 환자들을 대상으로 한 30회의 테스트에서 모두 뚜렷한 약효가 입증되었습니다. 같은 해 11월에 또 성공적으로 항말라리아 효과가 있는 단일 화합물 결정을 분리 추출해내게 되는데 이것이 바로 아르테미시닌입니다. 1972년 12월 아르테미시닌의 화학적 구조에 대한 연구를 시작했습니다.

원소분석·분광분석·질량분석·선광분석 등 기술수단을 적용하여 화합물의 분자식은 C15H22O5이고 분자량은 282라는 것을 확정하게 되었으며, 아르테미시닌이 질소를 함유하지 않은 세스퀴테르펜(sesquiterpene) 종류의 화합물이라는 것을 밝혀내었습니다.

1973년 4월 27일 중국의학과학원(中國醫學科學院) 약물연구소(藥物研究所) 분석 화학실(分析化学室)에서 재차 검증하여, 분자식 등 관련 수치가 정확하다는 것을 다시 한 번 확인했습니다. 1974년부터 중국과학원 상하이유기화학연구소와 생물물리연구소(生物物理所)에서 잇따라 아르테미시닌 구조 분석을 위한 협력 연구를 시작하게 되었는데, 최종적으로 X선 회절법으로 아르테미시닌의 구조를 확정하게 되었고, 아르테미시닌이 과산화기를 함유한 신형의 세스퀴테르펜락톤(sesquiterpene lactone)이라는 것을 밝혀냈습니다. 입체구조는 1977년에 중국의 『과학통보(科学通报)』에 발표되었고, 또 『화학다이제스트(化学文摘)』에도 수록되었습니다.

1973년부터 아르테미시닌 구조속의 작용기를 연구하기 위하여 그 유도체를 제작하기 시작하였습니다. 그 결과 수소화붕소나트륨 환원법을 이용하여 아르테미시닌 구조 속에 카르보닐기가 있음을 밝혀내게 되었고, 다이하이드로알테미시닌을 발명하게 되었습니다. 또한 구조활성상관관계(structure activity relationship) 연구를 통하여 아르테미시닌 구조 속의 과산화기가 항말라리아 활성인자라는 것을 확정했습니다. 따라서 부분적 다이하이드로알테미시닌의 히드록실기 유도체의 항말라리아 효과 역시 제고되었습니다.

아래 도표에 아르테미시닌과 그 유도체인 다이하이드로알테미시닌(dihydroartemisinin), 아르테메터(artemether), 아르티터(Arteether), 아르테수네이트(artesunate) 등의 분자 구조를 밝혔습니다. 지금까지 이

몇 가지 외에 기타 구조의 아르테미시닌 유도체는 아직 임상에 적용되었다는 보도가 없었습니다.

1986년에 아르테미시닌은 보건부의 신약증서를 획득하게 되었습니다. 또 1992년에는 다이하이드로알테미시닌이 보건부의 신약증서를 획득하게 되었습니다. 이 약물의 임상 효과는 아르테미시닌의 10배에 달하는데, 아르테미시닌 계열 약물이 "효과가 좋고, 효과가 빠르며 부작용이 적은" 특징을 한 걸음 더 나아가 실현했습니다.

1981년에 세계보건기구 세계은행 유엔개발계획 등이 베이징에서 연합으로 "말라리아 화학치료 프로젝트팀 제 4차 세미나(疟疾化疗科学工作组第四次会议)"를 열었습니다. 이 세미나에서 개똥쑥과 그 임상응용에 관한 일련의 보고가 강렬한 반향을 일으켰습니다. 저는 이번 세미나에서 "아르테미시닌의 화학적 연구"라는 논문을 발표했습니다. 1980년대에 중국에서 수천 명의 말라리아 환자들이 아르테미시닌과 그 유도체 치료를 통해 건강을 회복했습니다.

제 소개를 듣고 여러분들은 아마 흔한 약물 개발과정에 불과하다고 생각할 수도 있습니다. 하지만 그 시기 중국에서, 약물로 사용된 지 2000년이 넘는 개똥쑥에서 아르테미시닌을 발견해내는 과정은 정말이지

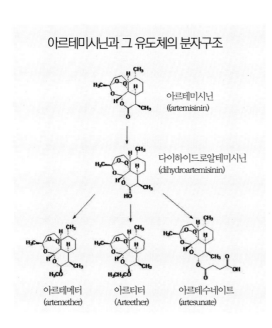

아르테미시닌과 그 유도체의 분자구조

아르테미시닌 (artemisinin)

다이하이드로알테미시닌 (dihydroartemisinin)

아르테메터 (artemether)   아르티터 (Arteether)   아르테수네이트 (artesunate)

고난 그 자체였습니다.

1969년 중의과학원 중약연구소에서 '523' 항말라리아 프로젝트에 참여하게 되었습니다. 중의과학원 지도부의 결정에 따라 제가 '523' 프로젝트 팀을 만들고 이끌게 되었습니다. 당시에 이 프로젝트는 철저한 비밀을 요하는 군사공업 프로젝트였습니다. 일개 연구원에 불과한 제가 이렇게 큰 프로젝트를 맡았으니 무거운 책임감을 느끼지 않을 수 없었습니다. 나라에서 저를 신임하여 중임을 맡겼으니 그 사명을 욕되게 해서는 안 된다고 생각했습니다. 그래서 열심히 노력하고 모든 힘을 다 하여 임무를 완수할 것이라고 결심했습니다!

위의 사진은 제가 중약연구소에 입사했을 때의 사진입니다.

왼쪽에 있는 분은 유명한 생약학자 러우즈천(楼之岑) 선생님인데 그 분이 저한테 약재 감별법을 가르쳐주셨습니다. 1959년부터 1962년까지 저는 "양의사 중의강습반"에서 공부하면서 중의약에 대해 체계적인 교육을 받을 수 있었습니다. 화학자 루이 파스퇴르(Louis Pasteur)는 "기회는 준비된 자에게만 온다"는 말을 한 적이 있습니다. 지나간 것은 모두 전주곡에 불과하다는 옛말도 있습니다. 저는 이 전주곡을 일종의 기회라고 생각합니다. 항말라리아 프로젝트라는 기회가 저한테 왔을 때, 중의강습반에서 중의학을 배운 이 전주곡이 제가 아르테미시닌 연구를 할 수 있게 된 훌륭한 준비인 셈입니다.

임무를 맡은 후, 저는 역대의 중의약 서적들을 수집 정리하고 오랜 중의사들을 찾아다니면서 그 분들의 말라리아 치료 처방을 수집했으며, 많은 민간요법을 섭렵했습니다. 식물, 동물, 광물질 등 2,000여 종의 내복약, 외용약 처방들을 수집한 기초 위에서 640종의 처방을 엄선하여 『말라리아 특효약방집(疟疾单秘验方集)』을 펴냈습니다. 이러한 정보의 수집과 분석이 바로 아르테미시닌을 발견하게 된 기초가 되었습니다. 이는 중약 신약의 연구, 개발이 기타 일반적인 식물성 약물의 연구 개발과 구별되는 부분이기도 합니다.

당년에 연구에서 곤경에 처했을 때, 저는 새롭게 중의학 고서들을 섭렵했습니다. 그러던 와중에 동진(东晋, 기원 4-5세기)의 갈홍(葛洪)이 저술한 『주후비급방(肘后备急方)』의 말라리아 치료 기록이 다시 눈에 들어왔습니다.

"개똥쑥 한 움큼을 물 두 되에 불려두었다가 즙을 짜내어 한꺼번에 마신다.(青蒿一握, 以水二升渍, 绞取汁, 尽服之)"

반복적으로 읽어보다가 얼핏 떠오르는 생각이 있었습니다. 추출 과정에서 고온(高溫)을 피해야 할 것이라는 생각이었지요. 그래서 저온 추출을 시도하게 된 것입니다.

개똥쑥을 약으로 사용한 최초의 기록은 마왕퇴(馬王堆) 3호 한묘(漢墓)에서 출토 된『오십이병방(五十二病方)』에서 찾아볼 수 있습니다. 그 후의『신농본초경(神农本草经)』,『보유뢰공포제편람(补遗雷公炮制便览)』,『본초강목(本草纲目)』 등 의학고서들에서도 개똥쑥으로 병을 치료한 기록을 찾아볼 수 있습니다. 하지만 의학고서들이 많아도 개똥쑥의 식물 품종에 대해 명확하게 분류한 것은 없었습니다. 그 해에 개똥쑥은 여러 가지 품종이 있었는데 약전(药典)에는 두 가지 품종이 수록되어 있었고, 이밖에 다른 네 가지 품종도 한데 섞여서 사용되고 있었습니다. 나중에 심층적인 연구를 거쳐 "Artemisia annua L."이라는 한 종류만 아르테미시닌을 함유하고 있고 항말라리아 효과가 있음이 밝혀졌습니다. 이는 객관적으로 아르테미시닌 발견에 어려움을 더하는 일이었지요. 거기에다 개똥쑥의 아르테미시닌 함유량은 아주 낮았고, 거기에다 약용 부위, 산지, 수확계절, 추출공법 등 여러 가지 영향으로, 에틸에테르 중성 추출물을 얻어내기까지 정말 쉽지 않았습니다. 중국의 전통 중의약은 하나의 풍부한 보물고로서, 우리가 적극적으로 연구하고 개발해내야 합니다.

70년대의 중국 과학기술 수준은 열악함 그 자체였습니다. 우리는 임상시험을 위한 추출물을 충분하게 확보하기 위하여 물독을 추출 용기로 사용했습니다. 그 뿐이 아닙니다. 기본적인 통풍설비마저 없어서 다량의 유기용제에 무방비로 노출되었고 적지 않은 연구원들이 이로 인해 건강을 잃었습니다. 또 하루빨리 임상시험을 하기 위하여 동물시험을 진행한 기초위에서 저와 저의 팀원들은 직접 추출물을 복용하는 테스트를 거쳤습니다. 임상시험에서 환자들의 안전을 보장하기 위해서였지요. 처음에 아르테미시닌 제제(製劑)의 임상시험 효과가 이상적이지 못했을 때에도, 그 원인을 규명하기 위해 끊임없이 노력했고, 용해흡수도(崩解度)의 문제임을 밝혀냈습니다. 이리하여 아르테미시닌 분말이 든 캡슐로 임상시험 제제(製劑)를 대체했고 결국 아르테미시닌의 강력한 항말라리아 효과를 입증하게 되었습니다.

1972년 3월 8일, '523'프로젝트 위원회는 난징(南京)에서 항말라리아 약물에 관련된 전문회의를 설립했습니다. 저는 중약연구소를 대표하여 개똥쑥 191#추출물의 생쥐와 원숭이 실험 결과를 소개하여 큰 주목을 받게 되었습니다. 같은 해 11월 17일 베이징에서 열린 회의에서 저는 또 30차례의 임상시험 결과가 전부 효과적이었음을 발표했습니다. 이로써 개똥쑥 연구의 전국적인 대 협력이 본격적으로 시동을 걸게 되었습니다.

오늘 저는 '523'프로젝트에 참여했던 당시 중의과학원의 전체 성원들에게 다시 한 번 진심으로 감사를 표합니다. 아르테미시닌의 발견과 연구, 응용 과정에서 그들이 기울여온 노력과 공헌을 잊지 않을 것입니다. 또한 산동성(山東省) 중약연구소, 윈난성(云南省) 약물연구소, 중국과학원 생물물리소(中國科學院生物物理所), 중국과학원 상하이유기화학연구소(中國科學院上海有机所), 광저우중의약대학(广州中医药大学), 군사의학과학원(軍事医学科学院) 등 전국의 '523'프로젝트 관련 기구들의 일심동체가 되는 협력에 감사를 드립니다. 저는 협력기구의 여러 연구자들이 거둔 다방면의 성과에 진심으로 축하를 드리며, 또 말라리아 환자를 위한 이들의 헌신적인 봉사에 경의를 표하는 바입니다.

'523'프로젝트 위원회는 줄기찬 노력으로 항말라리아 프로젝트를 수

립하고 원활하게 이끌어왔습니다. 이 자리를 통해 진심으로 경의를 표합니다. 여러 사람들의 헌신적인 협력과 팀워크 정신이 없었다면 우리는 이처럼 짧은 시간 내에 아르테미시닌을 세계에 내놓을 수 없었을 것입니다.

WHO 사무총장 마거릿 챈은 말라리아 퇴치에 관해 다음과 같이 평가한 적이 있습니다. "전 지구적으로 말라리아의 발병률과 사망률을 낮추는 방면에서 거두고 있는 성과는 나에게 깊은 인상을 남겼습니다." 그럼에도 불구하고 통계에 따르면, 전 세계의 97개 나라와 지역의 33억 인구가 여전히 말라리아의 위험에 노출되어 있고, 이 가운데 12억 인구는 말라리아 위험지역에서 생활하고 있습니다. 이런 지역들의 발병률은 1/1000이 넘을 것입니다. 통계에 따르면 2013년 전 세계의 말라리아 환자 수는 1.98억 명에 달하며 이로 인한 사망자수는 58만 명에 달합니다. 이 가운데 78%는 5세 이하 아동입니다. 말라리아로 인한 사망자수의 90%는 아프리카에서 발생하며 70%의 아프리카 환자들이 아르테미시닌 복합약물치료(Artemisinin-based Combination Therapies, ACTs)를 받고 있습니다. 하지만 ACTs치료를 받지 못하는 말라리아 환자 수는 아직도 5,600만 명에서 6,900만 명에 달합니다.

메콩강 유역에 속하는 캄보디아·라오스·미얀마·태국·베트남 등 지역에서는 악성말라리아 원충이 아르테미시닌에 대해 내성을 보이기 시작했습니다. 캄보디아와 태국 변경의 많은 지역들에서 악성말라리아 원충이 절대 대부분의 항말라리아 약물에 내성을 보이고 있습니다.

아래의 도표는 올해에 보고된 아르테미시닌에 내성을 보이는 지역 분포도입니다. 붉은 색과 검은색으로 표시된 부분은 악성말라리아 원충이 내성을 보이는 지역을 의미합니다.

메콩강 지역뿐만 아니라 아프리카의 국부적 지역에서도 내성을 가진 악성말라리아 원충이 나타나고 있습니다. 이러한 현상을 우리는 엄중한 경고로 받아들여야 할 것입니다.

세계보건기구는 2011년에 아르테미시닌 내성을 억제시키기 위한 글로벌계획을 내놓았습니다. 악성말라리아에 대한 ACTs의 유효성을 유지하기 위한 조치입니다. 아르테미시닌의 내성은 이미 메콩강 지역에서 확인되었고 확산될 잠재적 가능성에 대해 현재 조사 중입니다. 이번 계획에 참여한 100여 명의 전문가들에 따르면 아르테미시닌의 내성이 고위험지역으로 확산되기 전에, 이러한 내성을 억제시키거나 궤멸할 수 있는 기회는 아주 제한적입니다.

따라서 이러한 내성을 억제하기 위한 노력은 하루가 급합니다. 악성말라리아에 대한 ACTs의 유효성을 유지하기 위해 저는 전 세계의 항말라리아 종사자들에게 아르테미시닌 내성 억제를 위한 WHO의 글로벌계획을 적극 이행할 것을 호소합니다. 마무리하기 전에 중약에 대해 좀 더 얘기하려 합니다. "중국 의약학은 하나의 위대한 보물고이기에 적극 개발하고 발전시켜야 합니다." 아르테미시닌은 바로 이 보물고에서 발굴해낸 것입니다.

항말라리아 약물 아르테미시닌을 연구·개발해오면서 저는 중의와 서양의학이 각자 나름대로 장점이 있음을 실감했습니다. 이 두 가지를 유기적으로 결합시키고 각자의 장점을 발휘하게 한다면 더욱 큰 발전 잠재력과 전망을 마주하게 될 것입니다. 대자연은 우리들에게 대량의 식물자원을 제공했습니다. 신약을 개발하는 의약학(医药学) 연구자들은 이를 주목해야 합니다. 중의약은 신농(神農)씨가 백 가지 풀을 맛보[11]던 때부터 시작되었는데, 수 천 년의 발전을 거치면서 대량의 임상경험을 축적하였고, 자연자원의 약용 가치에 대해 이미 상당 부분을 정리하였습니다. 따라서 이를 계승하여 발전시키면 새로운 발견과 혁신이 있을 것이고 인류를 위해 기여할 수 있을 것입니다. 마지막으로 여러분들에게 중국 당나라 때의 유명한 시 하나를 소개하려 합니다. 왕지환(王之渙)의 『등관작루(登鸛雀樓)』입니다.

> "해는 서산에 기대어 넘어가려 하고
> 황하는 바다를 바라고 흘러가는데
> 문득 더 멀리 천리 밖을 보고 싶어
> 성큼 한 계단 더 높이 올라보네.
> (白日依山盡, 黃河入海流, 欲窮千里目, 更上一層樓)"

기회가 된다면 여러분들도 한 계단 더 높이 올라서서 중국 문화의 매력에 빠져보시고, 전통 중의약에 잠재되어 있는 보물고를 발굴할 수 있기를 기대해봅니다. 아르테미시닌의 발견과 연구와 응용 면에 기여해온 국내외의 동료와 여러 종사자 친구들에게 진심으로 감사를 드립니다! 또 오랜 시간동안 묵묵히 이해해주고 지지해준 가족들에게도 심심한 감사를 드립니다! 이 자리에 참석해주신 모든 분들에게도 감사를 표합니다! 여러분 감사합니다!

---

11) 신농(神農)씨가 백 가지 풀을 맛보다: 중국 전설의 황제 신농(神農)씨가 여러 풀들의 약효를 검증하기 위해 직접 일일이 먹어보았다고 함. -역자 주.

주요 참고 자료

주요 참고자료

1. 周兴, 「투유유」, 『20세기 중국 유명 과학자들의 학술성과 요람·의학류·약학 분책(20世纪中国知名科学家学术成就概览·医学卷·药学分册)』, 科學出版社, 2013.

2. 투유유 편저, 『개똥쑥과 아르테미시닌 계열의 약물(青蒿及青蒿素类药物)』, 化学工业出版社) 2009.

3. 徐季子 등 저, 『닝보사화(宁波史话)』, 浙江人民出版社, 1986.

4. 李娜, 「유유와 개똥쑥(呦呦弄蒿)」, 『과학기술보도(科技导报)』 2015년, 33권 20기.

5. 蒋昕捷, 「투유유, 뒤늦은 영예(屠呦呦, 迟到的荣誉)」, 『财新周刊』 2011, 제38기.

6. 李珊珊, 「투유유를 발견하다(发现屠呦呦)」, 『난방인물주간(南方人物周刊)』 2011년 제35기.

후기

　투유유가 노벨상을 비롯한 국제적인 대상들을 받은 것은 그녀 개인의 영예일 뿐만 아니라 중국의 과학기술이 번영하고 진보하고 있음을 의미하는 것이며, 중의약이 인류의 건강사업에 지대한 공헌을 하고 있음을 의미하는 것이다.

　인민출판사는 여러 독자들에게 투유유의 경력과 생활을 소개함으로써 그녀의 이상을 향한 집념과 과감한 혁신, 헌신적인 봉사, 협력과 노력, 과감히 최고봉에 오르려는 정신들을 세상에 알리기 위해 이 책을 기획하게 되었다. 이 책은 중의과학원이 총책임을 맡고, 중국부녀신문사(中国妇女报社), 중국중의약신문사(中国中医药报社), 인민출판사 등의 유관 인원들이 저술에 참여했다. 왕창루(王长路), 왕만위안(王满元), 천팅이(陈廷一) 등은 이 책의 저술에 특별한 기여를 했음을 밝힌다.

　시간적인 제약으로 이 책에는 여러 가지 미비한 점이 많으리라 생각한다. 나중에 더욱 완성도 높은 수정판을 펴낼 수 있도록 독자 여러분들의 기탄없는 지적을 바라마지 않는다.

인민출판사

투유유 연표

투유유 연표

1930년 12월 30일	저장성(浙江省) 닝보(宁波)시 카이밍(开明) 거리 508호에서 태어남.
1936~1941년(6~11세)	닝보의 사립학교 총더(崇德)초등학교 초급반에서 공부함.
1941년(11세)	닝보가 함락된 후 카이밍거리 26호 야오 씨 네 저택(姚宅)으로 들어감.
1941 1943년(11 13세)	사립학교 마오시(鄮西)초등학교의 고급반에서 공부함.
1943~1945년(13~15세)	닝보의 사립중학교 치전중학교(器贞初中)에서 공부함.
1945~1946년(15~16세)	닝보의 사립중학교 용장여중(甬江女中)에서 공부함.
1948~1950년(18~20세)	닝보의 사립중학교 샤오스(效实)중학교에서 공부함. 나중에 남편이 된 리팅자오(李廷钊) 역시 1944,1951년에 샤오스중학교에서 공부했음.
1950~1951년(20~21세)	저장(浙江)성 성립(省立)중학교 닝보(宁波)중학교에서 공부함.
1951~1955년(21 25세)	베이징대학 의대 약학학과에서 공부함.
1955년(25세)	대학교를 졸업하고 보건부 산하 중의연구원(2005년에 중국중의과학원으로 개명함) 중약연구소에 취직함.

1959~1962년(29~32세)	보건부에서 조직한 중의연구원의 제3기 "양의사 중의 강습반"에서 공부함.
1963년(33세)	베이징에서 리팅자오(李廷钊)와 결혼함.
1965년(35세)	5월 큰 딸 리민(李敏)이 베이징에서 태어남.
1968년(38세)	9월 작은 딸 리쥔(李军)이 닝보에서 태어남.
1969년(39세)	1월 21일 '523'프로젝트에 정식으로 참여하여, 보건부 중의연구원 '523'프로젝트 '항말라리아 연구팀' 팀장이 됨.
	4월 640종의 처방을 엄선하여 『말라리아 특효약방집(疟疾单秘验方集)』을 펴냄.
	7월 투유유가 처음으로 하이난(海南) 말라리아 유행지역으로 가서 현장 업무를 수행함.
1971년(41세) 10월4일	190번의 실패 끝에 마침내 코드번호 191#인 에틸에테르 중성 추출물의 항 말라리아 원충 억제율이 100%에 달함을 발견함.
1972년(42세)	7월 개똥쑥 추출물의 인체시험에 참여하여 직접 약물을 복용함.
8~10월	하이난(海南)의 말라리아 전염구역 창장(昌江)지구와 '베이징 302병원'에서 30차례의 임상시험을 진행함.

9월 25일~11월 8일	연구팀은 몇 가지 결정을 분리, 추출해 냄.
11월 8일	추출해 낸 결정체의 강한 약효가 입증됨(후에 아르테미시닌으로 명명됨)
12월 초	생쥐를 상대로 한 테스트 성공.
1973년(43세) 3~4월	아르테미시닌의 분자식과 분자량 확정.
9~10월	하이난(海南)의 말라리아 전염구역 창장(昌江)지구에서 아르테미시닌의 첫 임상시험을 진행하여 그 효과를 입증함.
9월	아르테미시닌 유도체를 제작함. 다이하이드로알테미시닌(dihydroartemisinin) 발견.
10월	하이난 현장에서 아르테미시닌의 임상효과를 입증함.
1974년(44세) 1월	중국과학원 상하이유기화학연구소와 합작하여 아르테미시닌의 분자구조를 연구함. 나중에 중국과학원 생물물리연구소와 합작하여 X선 회절법으로 아르테미시닌의 분자구조를 연구함.
1975년(45세) 11월 30일	아르테미시닌의 분자구조 확정.
1979년(49세)	중국 중의연구원 중약연구소 부연구원이 됨.

1980년(50세)	중국 중의연구원 중약연구소의 석사생 지도교사가 됨.
1985년(55세)	중국 중의연구원 중약연구소의 연구원이 됨.
1986년(56세)	아르테미시닌『신약증서』를 획득함.
1992년(62세)	다이하이드로알테미시닌이『신약증서』를 획득함.
2001년(71세)	중국 중의연구원 중약연구소의 박사생 지도교사가 됨.
2003년(73세)	홍반성낭창과 광과민 질환 치료제로서의 다이하이드로알테미시닌 약물조합이 전매특허증서를 획득.
2004년(74세) 2월	항말라리아 신약 복방 다이하이드로알테미시닌(复方双氢青蒿素)의 전매특허 증서를 획득.
6월	홍반성낭창 치료제로서 다이하이드로알테미시닌의 임상연구가 비준을 받음.
2009년(79세)	"중국중의과학원 당씨중약발전상(中国中医科学院唐氏中药发展奖)" 수상.
2011년(81세) 9월	미국 래스커 임상의학상 수상.
2015년(85세) 6월 15일	워렌 알퍼트 재단(Warren Alpert Foundation)과 하버드대 의학원에서 공동으로 수여하는 워렌 알퍼트 재단 상(Warren Alpert Foundation Prize)을 수상.
10월	노벨 생리의학상 수상.